고종 황제의 고양이
"대한제국 모닝 캄 프로젝트"

고종 황제의 고양이
대한제국 모닝 캄 프로젝트

1판 1쇄 발행 2025년 8월 25일

지은이 로버트 W. 리치
옮긴이 류지영
펴낸이 조명구

펴낸곳 지식상자
등록 2025년 1월 20일 (제2025-000008호)
주소 경기도 파주시 신남로 5-86
이메일 knowledge-box@hanmail.net

ISBN 979-11-993333-0-7 03840

값 16,800원

고종 황제의 고양이
"대한제국 모닝 캄 프로젝트"

로버트 W. 리치 소설 · 류지영 옮김

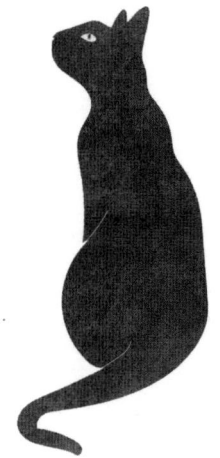

지식상자

【 들어가는 말 】

어니스트 토머스 베델을 찾아서

2018년 어느 늦은 가을, 서울 광화문의 한 김치찌갯집에서 '베델 특별기획팀' 쫑파티가 열렸다.

내가 일하는 〈서울신문〉에서 대한민국 임시정부 수립 100주년(2019년)을 앞두고 관련 기획을 공모했는데, 당시 나는 어니스트 토머스 베델의 생애를 재조명하는 아이템을 제안했다. 한국인에게 가장 사랑받는 외국인 독립운동가이자 〈서울신문〉의 전신인 〈대한매일신보〉의 설립자인 그의 생애가 제대로 주목받지 못하는 현실이 안타까웠기 때문이었다.

서울 종로구 홍파동에는 홍난파의 생가가 있는데, 등록문화재로 지정돼 지자체가 관리한다. 하지만 그 집 바로 옆에 있던 베델이 살았던 가옥은 뉴타운 개발 때 철거돼 흔적도 없이 사라졌다. 조선의 독립을 위해 목숨까지 던진 외국인의 가옥을 누구도 신경 쓰지 않은 탓이다. 나는 베델 기획을 통해 이런 상황까지 환기하고 싶었다.

운 좋게도 내가 낸 아이디어가 채택됐고, 편집국장은 "기사의 취지가 좋다. 사내에서 기자 둘을 골라 특별기획팀을 꾸리라"고 지시했다. 바쁜 일선 기자들이 자기 업무에 더해 가욋일을 맡는 걸 좋아할 리 없었다. 결국 세상 물정 어두운(?) 막내 기수를 중심으로 포섭에 나서 민나리, 오경진 기자를 데려올 수 있었다.

우리는 한 달 가까이 온오프라인을 통해 베델의 흔적을 탐색했고, 이를 토대로 각자 해외로 나가 자료를 구해 오기로 했다. 나는 베델이 태어나 유년 시절을 보낸 영국을 뒤졌고, 민 기자는 베델이 사업가로 활동한 일본을 추적했다. 오 기자는 베델이 〈대한매일신보〉 활동으로 유죄 판결을 받고 옥살이를 한 중국 상하이와 영국인 '민간 베델 연구가' 에이드리언 코웰이 거주하는 싱가포르를 찾았다.

당시 베델 기획팀은 의미 있는 성과를 거뒀다. 나는 우리 언론학계 숙원이던 영국 브리스틀의 베델 생가를 확인했고, 베델의 후손이 갖고 있던 일부 유품을 천안의 독립기념관으로 이관할 수 있게 가교 역할을 했다. 일본을 다녀온 민 기자도 베델의 미공개 사진과 자료들을 대거 들고 왔다.

우리는 〈대한매일신보〉 창간일인 7월 18일에 시작한 특별기획을 통해 석 달 넘게 결과물을 소개했고 '사회의 공기'로서 작은 역할을 할 수 있었다. 수상에는 실패했지만 한국기자협회가 주는 '이달의 기자상' 후보에도 올랐다. 이날 쫑파티는 이런 화기애애한 분위기 속에서 열렸다.

우리는 소맥 잔을 기울이며 몇 달간 동고동락한 이야기로 웃음꽃을 피웠다. 그때 동남아를 다녀와 얼굴이 까맣게 탄 오경진 기자가 자신의 가방에서 낡은 책 한 권을 꺼냈다.

"선배, 싱가포르에서 만난 코웰 씨에게 받았는데요. 베델이 주인공으로 등장하는 소설이 담겨 있답니다."

1912년 11월에 출간된 미국 대중소설 잡지 《포퓰러 매거진》이었다. 민 기자가 100년도 더 된 책을 이리저리 살피더니 놀랍다는 표정으로 말을 이었다.

"69쪽에 〈고양이와 왕The Cat and The King〉이라는 제목의 소설이네요."

한국은 물론 그가 나고 자란 영국에서조차 잊힌 인물인 베델이 등장하는 소설이 있을 것으로 예상하지 못했다. 한국인 소설가도 쓰지 않은 베델의 이야기를 미국인 작가가 구상했다는 사실이 우리에게 작은 충격으로 다가왔다.

집에 도착해서 술이나 깨고 잘 생각으로 오 기자가 빌려준 책을 찬찬히 살폈다. 미국의 기자 겸 작가였던 로버트 웰스 리치(1879~1942)의 작품으로, 1905년 11월 을사늑약 체결 직전 조선을 배경으로 일본과 러시아, 조선 왕실 간 암투를 다룬 첩보물이었다.

이 소설에는 베델뿐 아니라 '고종의 밀사'로 잘 알려진 호머 헐버트(1863~1949), 친일 행보로 비난받다가 미국 샌프란시스코에서 사살된 더럼 화이트 스티븐스(1851~1908), 조선 통감부 초대 통감 이토 히로부미(1841~1909), 을사늑약 직후 자결한 민영환(1861~1905) 등 대한제국의 주요 인물이 모두 등장했다. 대한제국을 배경으로 조선의 독립운동가가 주인공인 유일한 해외 소설이어서 사료적 가치도 있어 보였다.

줄거리는 이렇다.

러일전쟁이 마무리된 1905년 10월, 대한제국 해관에서 일하는 미국인 빌리와 대한매일신보사를 운영하는 영국인 베델에게 미모의 미국인 여성이 찾아온다. 그녀는 자신이 러시아 정보기관의 첩보원임을 밝히고 베델에게 "조선의 황제를 탈출시켜 일본의 조선 침략 음모를 막자"고 설득한다. 그녀의 제안을 받아들인 베델은 민영환을 만나 이를 위한 구체적인 실행 계획을 준비한다.

내가 놀란 건 조선에 대한 작가의 애정과 당시 지도층의 무능에 대한 신랄한 비판 때문만은 아니었다. 러시아 기밀문서 해제로 최근에야 모습을 드러낸 고종의 해외 망명 시도, 조선 독립운동을 은밀히 도운 러시아 정보기관 '상하이 정보국Shanghai Service' 등이 다수 등장했다. 100년 전 일반인은 알기 힘든 내용이다. 평소 베델이 비밀 통로를 이용해서 경운궁(덕수궁)을 드나들었다는 내용도 나오는데, 이 역시 고종이 유사시 궁 밖으로 빠르게 피신할 수 있게 몰래 만든 통로로 몇 년 전에야 그 존재가 알려진 '고종의 길'로 추정된다.

비유하자면 대한민국 대통령실만 알고 있어야 할 국가 기밀들이 미국인 작가의 소설에 두루 담겨 있던 것이다.

나는 이 소설을 밤을 새워 읽었고, 리치 작가가 이런 독특한 소재로 단 한 번만 소설을 쓰진 않았을 것으로 확신했다. 인내심을 갖고 《포퓰러 매거진》 데이터베이스를 하나하나 살폈고 그가

2년 뒤인 1914년 11월에 〈황제의 옥새The Great Cardinal Seal〉라는 이름으로 후속작을 냈음을 확인할 수 있었다.

이 소설은 헤이그 만국평화회의를 앞둔 1907년 늦봄이 배경이다. '용치선'이라는 이름의 개화기 지식인이 베델을 찾아와 "황제를 설득해 헤이그로 특사를 파견하려고 하니 도와달라"고 청한다. 베델이 "일본인들이 황제의 옥새를 24시간 감시하는데, 어떻게 신임장에 도장을 찍을 수 있느냐"고 묻자, 그는 "황제가 이럴 때를 대비해 몰래 제작해 둔 옥새가 있다. 금강산 유점사에 숨겨 놓았다"고 제안한다. 베델과 친구들은 이 옥새를 찾으러 금강산으로 향한다.

실제 역사에서도 고종은 비밀리에 '황제어새'를 만들어 외국에 보내는 문서에 날인하곤 했다. 미국인 작가가 이런 비사秘史를 소설의 소재로 활용한 것이다.

과연 작가는 이런 민감한 내용을 어떻게 입수한 것일까. 오 기자에게 〈고양이와 왕〉을 제보한 코웰 씨는 "리치 작가가 장기간 조선에 머물며 베델을 직접 만나 취재한 뒤 이 소설을 구상했다"면서 "당시 베델은 제국주의 국제질서를 정면으로 거스르는 '이단아'로 동북아 지역의 유명 인사였다. 작가가 그의 독특한 행보에 흥미를 느껴 소설의 주인공으로 낙점했다"고 설명했다.

이 말은 미국 작가의 소설에 담긴 대한제국의 여러 기밀의 출처가 베델일 수 있음을 의미한다. 그렇다면 베델은 어떻게 이런 비밀들을 알고 있었을까? 당시 그가 조선 독립을 적극적으로 돕고 있었다는 것만으로 이런 정보에 접근하는 것이 가능했을까.

혹시 '〈대한매일신보〉 설립자' 이면에 다른 정체가 숨어 있지 않을까.

미국에 연방수사국(FBI)이나 중앙정보국(CIA)이 없던 시절, 워싱턴은 기자나 작가에게 첩보원 역할을 제안해 여러 정보를 수집했다고 한다. 그렇다면 리치 역시 작가의 신분으로 조선에 들어와 취재 겸 정보 수집 활동에 나섰을 가능성이 있다.

당시 고종은 서울에서 '제국익문사'라는 비밀 정보기관을 운영했고 일본을 위시한 주요국 동향을 파악하고자 국적을 초월한 첩보 네트워크를 가동했다. 1904년 경운궁 화재 당시 '제국익문사'의 첩보원 명단도 사라진 것으로 추정된다. 고종과 수시로 소통해 온 베델 역시 대한제국의 첩보원 역할을 맡았을 가능성이 존재한다.

그렇다면 리치의 첩보 소설에 베델이 주인공으로 등장한 것이 문학적 동기 때문만은 아닐 수도 있다. 조선에서 있었다는 리치와 베델의 만남이 실은 두 나라 첩보원 간 긴밀한 정보 교환 활동이었고, 두 소설에서 베델이 첩보원으로 등장한 것 역시 그의 실제 역할을 암시한 것일 수 있다는 생각이 꼬리를 물었다.

마음속에 기자 정신이 피어올랐다. 언젠가 두 소설 속 내용이 실제 역사에 얼마나 정확히 부합하는지, 베델의 숨은 정체가 무엇인지 등을 전문가들과 함께 검증하고 싶었다. 그런데 베델 기획이 끝나고 얼마 지나지 않아 베이징 특파원에 선발돼 한국을 떠났고, 때마침 코로나19까지 퍼지면서 사람을 만나는 것 자체가 쉽지 않은 상황이 됐다. 그렇게 심연의 시간 속에서 어렵게

건져 올린 두 소설을 한동안 잊고 살았다.

시간이 흘러 2024년 가을이 됐다. 세상은 감염병으로부터 완전히 자유로워졌고 나 역시 특파원 업무를 끝내고 귀국한 지 1년이 됐다. 베이징 생활에 적응한 딸은 친구들과 헤어지기 싫다며 중국에 좀 더 머물고 싶어 했다. '기러기 아빠'가 돼 홀로 보내는 시간이 많아지자 '뭔가 의미 있는 일을 하고 싶다'는 생각이 들었고 까맣게 잊고 있던 두 소설이 다시 떠올랐다.

회사 동기지만 나보다 나이가 많아 '형'으로 부르는 강국진 기자와 김치찌갯집에서 저녁을 먹었다. 그는 2018년 남북 문제의 전향적 해결을 제안한 《선을 넘어 생각한다》로 베스트셀러 작가 반열에 오른 출판계 '고인 물'이었다. 그에게 술자리 안주 삼아 베델이 등장하는 소설의 줄거리와 사료적 가치를 전하고 조언을 구했다.

"일반인인 네가 그 내용을 학술적으로 검증하려는 건 어려움이 커 보여. 일단은 소설 번역본 형태로 세상에 내놓는 게 우선일 듯해. 혹시 알아? 그게 대박이 날 수도 있잖아. 그러면 네가 따로 부탁하지 않아도 연구자들이 알아서 작업에 나설 거야."

그는 출판계 '뉴비'인 나에게 책 출간을 조언하며 적당한 출판사를 알아봐 주기로 했다. 그때부터 나는 쉬는 날이면 파주출판도시의 카페로 찾아가 두 소설을 번역하기 시작했다. 하루 내내 3층 구석 창가 테이블에 앉아 대한제국 역사와 맞춰가며 우리말로 한 줄씩 풀어나갔다. 베이징 특파원 시절 생긴 이명으로 고생이 많았는데, 카페의 적당히 시끄러운 배경 음악이 이명을 줄

여겨 집중에 도움을 줬다. 대한민국에 영원히 등장하지 않을 것 같던 '계엄령'으로 온 나라가 시끄럽던 시기에도 나는 두 소설에 파묻혀 지냈다.

작가는 역사적 사실에 대한 정밀한 고증으로 미국 문학계에서도 높은 평가를 받았다. 다만 그가 살던 미국과 멀리 떨어진 조선을 배경으로 한 소설이기에 세부 사항의 일부 오류는 피할 수 없었다. 21세기 한국인의 시각에서 '정치적으로 올바르지 않은' 표현도 종종 담겨 있었다.

원문의 의미를 최대한 충실히 살려 번역을 마무리했다. 그러나 많은 고민 끝에 우리나라 독자들에게 소설의 내용을 좀 더 설득력 있게 전달하고자 편역을 결심하고 새로 작업을 시작했다. 소설의 줄거리는 그대로 두되 잘못된 내용이나 표현을 바로잡고 역사적 사실에 근거한 몇몇 소재도 추가해 이야기를 좀 더 풍성하고 입체적으로 만들었다.

그러던 차 올해 4월 강국진 기자로부터 지식상자 출판사를 소개받았고, 이 회사가 첫 작품으로 내 소설을 선택했다. 출판사의 첫 번째 책은 회사의 장기 비전과 방향성을 상징하기에 원고의 취지와 의미에 매우 큰 가치를 둔다고 한다.

한국인이 가장 존경하는 외국인 독립운동가가 주인공으로 등장하는 소설이 이 출판사를 통해 빛을 보게 돼 감격스러웠다. 대통령 탄핵으로 예상치 않게 새로 치른 대선이 끝난 직후, 나는 1년 가까이 다듬어 온 두 소설의 원고를 홀가분한 마음으로 전달했다.

이렇게 회사 후배 오경진 기자가 싱가포르에서 가져온 빛바랜 책 한 권에서 시작한 '베델 찾기' 여정이 7년 만에 마무리됐다.

베델은 정말로 리치 작가가 암시한 대로 대한제국의 첩보요원이었을까. 사실이라면 베델의 역할은 우리가 알던 것보다 훨씬 크고 광범위할 수 있다. 대한제국사를 새로 써야 할 수도 있는 사안이다.

많은 비밀을 품고 세상을 떠난 베델은 과연 누구였을까. 이제 해석은 오롯이 독자들의 몫이다.

2025년 8월
류지영

■ 차례

【들어가는 말】
어니스트 토머스 베델을 찾아서 · 5

모닝 캄 프로젝트 #1
"상하이 특급"

00. 대한제국의 비사秘史를 전하며 — 18
01. 항일운동에 앞장선 황소고집 영국인 — 22
02. 서울에 나타난 벽안의 젊은 여성 — 26
03. 어진화가로 경운궁에 들어간 소녀 — 39
04. 궁에 갇힌 황제의 유일한 벗 고양이 — 45
05. 윤곽 드러내는 '상하이 특급' 작전 — 58
06. 조선을 찾아온 '상하이 특급' — 71
07. 서울로 찾아온 이토 히로부미 — 78
08. 마침내 조선 탈출 감행한 황제 — 85
09. 조선의 운명 바꾼 황제의 고양이 — 91
10. 첫 번째 모험을 마치며 — 99

모닝 캄 프로젝트 #2
"헤이그의 보석"

00. 망국의 운명 정해진 조선 ― 104
01. 서울에 등장한 곱슬머리 중년 여인 ― 110
02. 옥살이 마치고 출소한 베델 ― 123
03. 베델을 만나러 온 조선 유명 지식인 ― 127
04. 베델을 엿보던 영국 여성 ― 138
05. 황제를 만나러 간 신지학자 ― 145
06. 2년 만에 서울에서 다시 만난 소녀 ― 151
07. 금강산 찾아간 일행 ― 161
08. 옥새를 만난 일행 ― 171
09. 옥새 들고 탈출한 일행 ― 184
10. 두 번째 모험을 마치며 ― 191

【나가는 말】
푸른 눈의 독립운동가, 베델의 히스토리 · 197

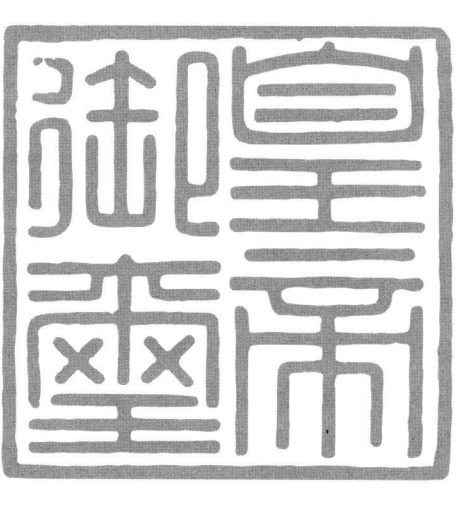

모닝 캄 프로젝트 #1
"상하이 특급"

00. 대한제국의 비사秘史를 전하며

　내가 동북아시아의 먼 나라 조선에서 벌어진 황제[1] 퇴위의 숨은 이야기를 침묵 속에 묻어 버리면 누가 과연 그날의 진실을 세상에 알릴 수 있을까?

　이토 히로부미? 그는 이미 역사의 뒤안길로 사라진 지 오래야. 1909년 10월 하얼빈의 차가운 바람 속에서 조선인[2]의 분노한 총탄에 쓰러졌으니까. 더럼 화이트 스티븐스?[3] 그 역시 1908년 3월 샌프란시스코 기차역에서 울분에 찬 조선인들[4]의 손에 유명을 달리했어.

　일본 제국은 두 사건에 보복하고자 자신들의 심기를 불편하게 만든 자들을 잔혹하게 살해했고, 이름 없는 조선인들이 수도

1　고종(1852~1919).
2　안중근(1879~1910) 의사.
3　미국의 친일파 외교관 더럼 화이트 스티븐스(1851~1908). 일본 외무성 고문으로 활동하다가 대한제국에 고문관으로 파견돼 친일 행각을 벌였다. 미국으로 돌아와서도 일본의 조선 지배를 정당화하는 활동을 펼쳐 한인들의 공분을 샀다.
4　전명운(1994~1947)·장인환(1876~1930) 의사. 1908년 3월 스티븐스가 샌프란시스코에서 "일본의 조선 지배는 당연한 결과다. 조선인은 일본 덕분에 부유해질 것이다"라고 발언하자 두 사람은 샌프란시스코 기차역으로 찾아가 그를 처단하려고 나섰다. 먼저 전명운이 열차에 타려던 스티븐스에 총을 쐈지만 맞히지 못해 난투극이 벌어졌다. 이후 장인환이 권총을 발사해 스티븐스를 명중시켰다. 그는 병원으로 이송되었으나 사망했다. 두 의사는 일면식도 없던 사이였지만 조국을 비하하는 스티븐스에 대한 공분으로 각자 의거에 나섰다. 재판에서 전명운은 무죄로 풀려났다. 장인환은 살인 혐의로 25년 형을 선고받고 복역하다가 15년 뒤 모범수로 풀려났다.

없이 스러졌다. 그러니 한반도에서 감히 누가 칼날 위에 놓인 진실을 말할 수 있을까. 오직 '소녀'와 나 둘뿐이겠지.

 조선이 일장기로 완전히 뒤덮인 1911년 겨울, 나는 상하이의 예스러운 카페에서 마지막으로 그녀를 만났다. 커피 맛이 유난히 쓰게 느껴진 그날, 나는 소녀에게 '우리가 조선에서 겪은 숨 막히는 모험담을 시나리오로 써 보자'고 제안했다. 일본의 야욕을 전 세계에 폭로하는 동시에 답보 상태이던 우리의 관계도 개선할 수 있지 않을까 하는 속내였다.
 그러나 소녀의 반응은 예상외로 차가웠다. 질겁한 표정으로 두 눈을 크게 뜨더니 떨리는 목소리로 대답했다.
 "빌리, 제정신이에요? 그건 스스로 무덤을 파고 저승길로 걸어 들어가는 것이나 다름없어요. 남은 삶을 안전하게 마무리하고 싶다면 조선에서의 기억을 영원히 봉인해야 해요."
 음… 그렇다면 지구에서 이 잊힌 왕국의 슬픈 비사를 말할 사람은 나 하나뿐이구나. 소녀의 냉담한 눈빛이 비수처럼 꽂혔지만 그래도 서울에서의 모험을 기록으로 남기고 싶은 내 결심을 뒤집진 못했다.
 우리의 이야기가 반드시 영화로 제작돼 화려한 극장의 만원 관중 속 스크린에 걸려야 하는 건 아니야. 힘들었지만 의미가 남달랐던 그때의 경험을 후대에 남길 수 있다면… 그걸로 충분해.
 나는 지금[5] 뉴욕의 한 아파트에서 나름 소박하지만 평온한 삶

---

5 작가가 베델을 주인공으로 두 편의 소설을 출간한 시기인 1912~1914년.

을 누리고 있다. 작고 낡긴 했어도 엘리베이터가 설치돼 있어 제법 편리하다. 그런데 미국에서의 이런 안정감이 때론 지루하고 따분하게 느껴지기도 한다.

그래서일까. 볼 때마다 느끼는 거지만 아파트 복도에 서 있는 기묘한 얼굴의 동물 조각상은 조선 주둔 일본군 사령관 하세가와 요시미치[6]의 충실한 심복 하기와라 슈이치[7]를 쏙 빼다 박았단 말이야. 조선에서 나와 소녀를 집요하게 괴롭히던 그 친구가 떠올라 신경이 거슬려.

나는 왜 미국에 돌아와서도 조선의 낡은 도시 서울의 기억을 떨쳐내지 못해 이렇게 고민하는 것일까. 동북아 외교 미로에서 갈피를 못 잡고 헤매던 조선의 황제 때문에 생겨난 두 사건의 진실을 밝히지 못해 이토록 괴로워하는 것일까.

석양이 번지는 창밖이 제법 시끄럽다. 아래층에 사는 미친 여자는 몇 시간째 엉터리 피아노 연주를 이어가고 있다. 술에 취한 행인 하나도 몇 년은 빨지 않은 듯한 외투를 걸치고 고래고래 소리를 지르고 있고.

늘 반복되는 브루클린의 의미 없는 풍경을 바라보고 있자니 어느새 내 머릿속 커튼이 열리며 서울의 먼지 쌓인 애스터하우

---

[6] 일본의 군인이자 정치인 하세가와 요시미치(1850~1924). 훗날 제2대 조선 총독(1916~1919년 재임)을 지냈고 1919년 3·1운동을 강경 진압해 비난받았다.

[7] 일본의 외교관 하기와라 슈이치(1868~1911). 임기 대부분을 조선에서 보냈다. 1896년 3월, 백범 김구 선생이 황해도 안악군 치하포에서 명성황후의 원수를 갚겠다고 일본인을 살해한 혐의로 재판받을 때 일본국 영사대리로 참석해 백범을 참형해 달라고 요구했다.

스 호텔[8]이 눈에 들어왔다. 옛 도시의 퀴퀴한 냄새도 코를 자극하기 시작했다. 당시의 기억은 빛바랜 흑백사진처럼 희미해졌지만 그때의 흥분만큼은 영원히 잊을 수 없는 꿈처럼 되살아났다.

나는 120평방피트[9]짜리 서재의 창문을 닫고 책상에 앉아 낡은 타자기의 뻑뻑한 자판을 두드리기 시작했다. 공포와 위험으로 가득했던 그때[10] 조선을 구하려고 뛰어든 우리들의 이야기가 주마등처럼 흘러갔다. 내가 겪은 모험을 기록으로 남겨두는 것이 인생의 작은 의무라는 생각이 들었다.

나는 지금 뉴욕에서 글을 쓰며 작가로 살고 있지만 과거 조선에서는 금산金傘훈장[11]까지 받은 해관의 주요 책임자였다. 아까 말한 소녀는 자신의 정체를 숨기고 조선 독립 첩보 전쟁에 뛰어든 치명적 매력의 팜 파탈이고.

---

8 이 소설의 주요 공간적 배경. 영국인 선교사 W. H. 엠벌리가 1901년 4월 경인선 종착지인 서대문 정거장(현 이화외국어고등학교 일대)에 기존 한옥을 사들여 '스테이션 호텔'을 열었다. 이후 이 호텔을 서양식으로 새로 지어 운영하다가 1905년 3월 프랑스인 루시엔 마르탱에 넘겼다. 이때부터 '애스터하우스(Astor House)'로 이름이 바뀌었다. 일제 강점기에 마르탱은 한국을 떠났고 호텔도 사라졌다.
9 약 11제곱미터(3.3평).
10 두 소설의 시간적 배경인 1905~1907년.
11 원문은 'golden umbrella'. 작가가 만들어 낸 대한제국 훈장.

01. 항일운동에 앞장선 황소고집 영국인

우선 두 편에 걸쳐서 소개할 우리 모험의 진짜 주인공 어니스트 토머스 베델이 누구인지부터 소개하고 싶다.

그는 키가 작고 말이 많은 불같은 성격의 영국인이었다.[12] 항구 도시 브리스틀에서 태어나 고등학교를 졸업한 뒤 일본으로 건너왔고, 나가사키인가 고베인가에서 사업을 했다고 들었다. 1904년 조선에 정착했고 '그림자의 도시' 서울에서 영어와 현지어로 된 신문[13]을 찍었다.[14]

그는 러일전쟁이 끝난 '슬픔의 땅' 조선을 차지하려는 일본 제국주의자들의 지배 체제에 어떻게든 구멍을 내려고 애썼다. 이미 러시아군은 사하 전투[15]에서 대패해 한반도는 물론 만주에서도 지배권을 잃어버린 지 오래였다.

그래도 베델은 이에 아랑곳하지 않고 네 페이지짜리 〈코리아데일리뉴스〉[16]를 통해 '승리자' 일본을 맹렬히 비난했다. 조선인

---

12 작가의 소설 속 묘사대로 역자가 영국에서 만난 베델의 후손들은 그가 매우 성질이 급한 사람이었다고 전했다.
13 영문판 〈코리아데일리뉴스(KDN)〉와 한글판 〈대한매일신보〉(현 〈서울신문〉).
14 베델은 고베에서 20년 가까이 사업을 하다가 형제들과의 불화와 일본인들의 소송 등이 겹치자 1904년 조선행을 결심하고 영국 일간지 〈데일리 크로니클〉 특파원으로 서울에 첫발을 내디뎠다.
15 1904년 10월 중국 랴오닝성 선양시 사하강에서 러시아군과 일본군이 치른 전투. 일본군이 승리했다.
16 베델은 〈데일리 크로니클〉에 입사한 지 두 달도 안 돼 특파원 일을

들[17]의 도움으로 하나하나 활자를 찾아 하루도 쉬지 않고 침략자들을 물어뜯었다. 일본인들은 신문의 잉크가 마르기도 전에 베델의 보도 내용에 분개해 길길이 날뛰곤 했다.

하기와라는 틈만 나면 "영국에서 온 '악마'가 러시아 비자금을 노려 제멋대로 펜대를 굴린다"고 소문을 냈다.[18] 하지만 나는 베델이 '고요한 아침의 나라'를 진심으로 사랑한다는 사실을 잘 알기에, 또 자신의 작은 펜으로 일본이라는 거대한 적을 쓰러뜨릴 수 있다고 믿는 돈키호테의 무모함도 잘 알기에 하기와라의 말을 웃어넘기곤 했다.

나는 그저 이 날카로운 성격의 '작은 거인'이 자신의 신문으로 조선 황제의 친일 고문관[19]들을 발칵 뒤집어 놓는 모습을 흥미롭게 지켜볼 뿐이었다.

1904년 일본인들은 황무지 개간권을 요구하며 한반도의 토지를 강탈하려 했다. 베델은 특유의 날카로운 통찰력과 거침없는 문장으로 일본의 음흉한 속내를 폭로해 이를 좌절시켰다.[20] 하세

그만두고 1904년 7월 영자지를 창간했다.
17 〈대한매일신보〉 창립 멤버이자 훗날 대한민국 임시정부 국무령에 오른 양기탁(1871~1938) 등.
18 2014년 최덕규 동북아역사재단 연구위원 논문 '고종황제의 독립운동과 러시아 상하이 정보국, 1904~1909'에는 러시아 정부가 베델에게 〈KDN〉·〈대한매일신보〉 운영 자금으로 매달 500엔씩 은밀히 지원했다는 기록이 나온다.
19 일본은 1904년 1차 한일협약 체결 이후 조선 왕실을 돕는다는 구실로 '고문관'을 파견하기 시작했다.
20 일본은 황무지 개간권 요구에 대한 조선인들의 저항이 커지자 1904년 8월, 이를 공식 철회했다.

가와는 그의 용기에 혀를 내두르며 분노했다.

1905년에도 일본은 '화폐개혁'이라는 이름으로 조선 경제를 파탄 내기 시작했다. 베델은 모든 과정을 낱낱이 고발했고 그의 기사는 전 세계로 퍼져나갔다.[21] 화폐개혁 설계자인 메가타 다네타로[22]는 얼굴을 붉히며 몸을 떨었다.

러일전쟁에서 승리한 일본은 국제사회에 "조선을 보호하겠다"고 떠벌렸지만 실제로는 이 나라에서 어떻게든 하나라도 더 많이 착취할 것을 찾고자 혈안이 돼 있었다. 그들은 유교 문화 특유의 간접적이고도 치밀한 방식으로 전리품인 한반도를 느리지만 확실하게 접수했다. 그들은 조선의 정치, 경제, 사회 곳곳에 마수를 뻗고 있었다.

베델은 절체절명의 위기에 빠진 조선을 돕기 위해 발 벗고 나선 몇 안 되는 외국인이자, 조선의 황제를 대신해 '일본과의 전쟁'을 선포한 투사였다. 그는 일본의 끝없는 위협을 비웃으며 그들의 술수를 모두 까발렸고, 조선인들에게 '독립과 자유를 위해 함께 싸우자'고 호소했다. 베델의 펜은 칼보다 강했고 그의 외침은 천둥보다 더 크게 울렸다.

다만 베델도 완벽한 인간은 아니었다. 가끔 조선의 안타까운 현실에 너무 깊이 몰입한 나머지 과격한 언사로 주변 사람들을 힘들게 하거나 무모해 보이는 행동을 저질러 빈축을 샀다.

---

21 일제는 조선 화폐인 백동화를 오사카 일본제일은행권 화폐로 바꾸는 화폐개혁을 실시했다. 교환 기간은 불과 3일이었고, 그나마도 화폐 교환이 지체돼 많은 상인과 민족 자본가, 민족 은행이 몰락했다.
22 대한제국 화폐개혁을 주도한 메가타 다네타로(1853~1926).

그래도 많은 조선인은 그를 진심으로 믿고 의지했다. 조선이나 일본의 법을 적용받지 않는 영국인 치외법권[23]을 십분 활용해 일본의 압박에 끝까지 맞서는 용기에 고마워했다. 그들은 베델의 신문을 돌려가며 읽었고 조국 독립의 희망을 버리지 않았다.

---

23 조선은 1876년 강화도 조약 이후 많은 나라와 통상 조약을 맺으면서 치외법권을 허용했다. 해당 국가 외국인은 조선이나 일본의 법이 아닌 본국의 법을 적용받는다. 대표적인 불평등 조약의 하나지만 베델은 이를 항일 활동의 무기로 삼았다. 일제는 한일병합 뒤인 1911년 1월 치외법권을 폐지했다.

02. 서울에 나타난 벽안의 젊은 여성

이제 본격적으로 우리의 모험 이야기를 풀어보려고 한다. 첫 번째는 1905년 11월 일본이 조선의 외교권을 강탈하려고 했던 음모에 관한 것이다.

10월 하순의 어느 늦은 밤, 서대문 애스터하우스 호텔[24]의 어둑한 술집에 낯선 백인 여성이 모습을 드러냈다. 그녀는 짙은 그림자 속에서 빈 테이블을 찾아 앉더니 조선인 웨이터 박 군을 불러 무언가를 은밀하게 속삭였다.

우리는 건너편 테이블에서 술잔을 기울이며 이야기꽃을 피우고 있었다. 그날도 베델은 하세가와의 여러 만행에 분노를 쏟아내고 있었다. 그가 입으로 맥주잔을 가져가다가 그녀와 눈이 마주치자 한동안 숨이 막힌 듯 말을 잇지 못했다. 잠깐이지만 인생의 숙적 하세가와도 잊은 듯했다.

"헉… 굉장한데!"

베델의 입에서 탄성이 터졌다. 우리 둘 다 그녀를 뚫어지게 바

---

24 소설 속 내용처럼 베델은 실제로 애스터하우스 호텔을 애용했다. 그를 24시간 감시한 일본 경찰의 기록에도 이런 내용이 자세히 나와 있다. 작가도 취재 과정에서 이 사실을 확인하고 소설에 반영했다. 이 소설의 시간적 배경인 1905년 서울의 중심 호텔은 손탁호텔(현 이화여고 100주년기념관 터)이었다. 대한제국의 역사적 사건 상당수가 여기서 이뤄졌다. 그런데도 작가가 굳이 애스터하우스 호텔을 배경으로 설정한 것은 '이방인들이 조선의 정사에 기록되지 않은 모험을 펼쳤다'는 소설의 집필 의도를 살리려는 의도가 담긴 것으로 풀이된다.

라봤다. 키가 꽤 크고 무척 날씬했다. 금발 머리를 단정하게 땋아 올렸고 차갑고 푸른 눈동자에 흔들림 없는 확신과 결연함이 어려 있었다. 일반적인 여성에게서 느낄 수 있는 부드러움이나 연약함은 찾아볼 수 없었다. 누구에게도 굴복하지 않을 듯한 자립심과 주변을 압도하는 카리스마가 뿜어져 나왔다. 잘 벼린 칼처럼 날카롭고 서늘한 아름다움이 느껴졌다.

흥분한 베델이 내 귀에 작은 목소리로 "앞으로 이 여성을 '소녀'라고 부르자"고 제안했다.

선교사 부인이나 외교관의 아내가 아닌 이상 서울에서 서양 여성을 만나기란 불가능에 가까웠다. 여기선 사진으로나 볼 수 있는 이가 눈앞에 나타난 것이다.

우리는 숨을 죽이고 저 신비로운 여성이 누구이며 무엇 때문에 이 먼 나라까지 왔는지 궁금해졌다. 잽싸게 프랑스인 호텔 주인 루이를 불러 그녀에 대해 아는 것을 모두 털어놓으라고 다그쳤다.

테이블 한쪽에 기대 술잔을 기울이던 루이는 어깨를 으쓱하더니 천장을 올려다보며 프랑스식 억양이 섞인 달큰한 영어로 이야기를 시작했다.

"자, 친구들이 가장 궁금해하는 것부터 말해줄게. 일단 저 아름다운 여성분은… 여기에 혼자 왔어."

베델의 얼굴에서 오랫동안 기다려 온 소식을 들었다는 듯 미소가 번졌다. 루이가 그의 표정을 살피더니 말을 이었다.

"저 여인은… 어둠이 내려앉기 시작할 때 조용히 호텔 문을 밀고 들어왔어. 커다란 여행용 트렁크 하나와 휴대용 손가방 하나만 가지고. 트렁크에 붙어 있던 딱지들이 꽤 인상적이었는데… 상하이 애스터하우스 호텔, 요코하마 오리엔탈 팰리스 호텔, 샌프란시스코에서 출발한 퍼시픽 메일 증기선 회사 라벨도 있었고."

그녀가 미국에서 배를 타고 일본과 중국을 거쳐 조선까지 찾아왔음을 짐작할 수 있었다. 그런데 일본에서 바로 서울로 오는 게 빠른데, 굳이 돈과 시간을 버려가며 상하이를 먼저 들른 이유는 무엇일까. 그녀의 발자취를 추적할수록 궁금증이 더 커졌다.

그때 박 군이 조용히 다가와 베델의 팔을 툭툭 쳤다. 서툰 영어로 더듬거리며 놀라운 소식을 전했다.

"새로 온 여자가… 당신을… 보자고 합니다. 베델 씨를… 만나고 싶다고… 전해달래요."[25]

베델의 얼굴에서 오랜 전투를 끝낸 개선장군의 웃음이 터졌다. 하지만 기쁨도 잠시, 그의 짙은 눈썹이 미묘하게 꿈틀거리는 것도 볼 수 있었다. '도대체 이 여성이 왜 일면식도 없는 나를 찾는 거지?' 하는 의아함 때문이겠지.

베델이 박 군을 따라 나가자 시끄럽던 호텔 바가 조용해졌다. 루이와 나는 아르헨티나에서 온 '페르넷 브랑카'[26]의 쌉싸름한 맛을 음미하며 서울 땅에 홀연히 나타난 신비로운 여인에 대한

---

25 당시 베델은 동북아시아 지역의 유명 인사였다. 20세기 초 국제사회 외교 질서인 제국주의에 저항하는 이단아였기 때문이다. 낯선 여성이 그를 찾아 조선까지 왔다는 설정은 베델의 유명세에 근거한다.
26 1845년 이탈리아에서 개발한 유명 주류.

추측을 주고받았다.

그렇게 한 시간은 족히 지난 듯했다. 베델이 호텔 로비로 다시 모습을 드러냈다. 나를 발견하더니 술집에서 나오라고 손짓했다. 나는 기분 좋게 취기가 오른 루이를 남겨두고 그를 따라나섰다.

"빌리, 아주 중요한 일이야. 자네의 도움이 절대적으로 필요해."

베델이 떨리는 목소리를 낮춰 속삭였다. 나는 그의 심각한 표정에 이끌려 삐걱거리는 계단을 따라 2층으로 올라갔다. 그가 호텔에서 거의 쓰이지 않는 '숙녀용 응접실'의 문을 열었다. 방 안 낡은 소파에 앉아 있던 소녀가 몸을 일으켜 나에게 인사했다.

나는 그녀의 깊고 신비로운 보라색 눈동자에 압도당했다. 어린 나이라고는 믿기 어려울 만큼의 자신감이 넘실거리고 있었다. 활짝 웃는 그녀의 입술에서 부드러움과 강인함이 동시에 묻어났다.

베델이 재빠르게 나를 소개했다.

"이쪽은 둘도 없는 내 친구 빌리입니다. 방금 저에게 말씀하신 흥미로운 이야기를 제 친구에게 다시 들려주시면 좋겠군요. 이번 작전이 성공하려면 이 친구의 도움이 절실하니까요. 당신과 같은 미국인이고, 요즘 쉽게 찾기 힘든 '믿을 만한 미국인'이죠. 그래서 저희는 서로를 친형제처럼 굳게 믿고 의지한답니다. 하하하!"

베델은 영국인 특유의 허세 섞인 말투로 나를 과장해서 칭찬했다. 이 친구가 날 이렇게까지 아꼈나? 소녀에게 꽤나 멋진 남자로 보이고 싶었던 모양인데.

그녀는 베델의 말이 끝나기가 무섭게 복도로 나가 주변을 살핀 뒤 방문을 굳게 걸어 잠갔다. 우리 세 사람이 조용히 흔들리는 램프 아래로 모여 앉았다.

소녀가 입을 열었다. 목소리가 매우 낮고 차분했다.

"저는 지금 상하이에 계신 아주 중요한 분[27]의 요청으로 여기에 왔습니다. 그분의 존함은…."

소녀는 잠시 말을 멈추더니 허리춤에 차고 있던 가죽 벨트에서 작고 빛나는 금색 연필을 꺼냈다. 품에서 꺼낸 낡은 수첩에서 조심스레 종이 한 장을 찢더니 한 글자 한 글자 정성스럽게 적어 나갔다.

그가 누구냐고? 지금도 국제 무대에서 심심찮게 들어볼 수 있는 이름이기에 여기서는 밝히지 않으려고 한다. 러시아의 거대한 영향력 확대에 걸림돌이 되는 일을 귀신같이 제거하는 동북아 외교의 '큰손' 정도로 이해하면 될 듯하다.

내가 종이에 적힌 이름을 확인하고 조용히 고개를 끄덕이자 소녀는 이를 잘게 찢어 가죽 지갑에 집어넣었다.

"지금 이분은 한반도에서 일본의 영향력을 줄이기 위해 다국적 첩보전인 '프로젝트 모닝 캄'을 가동하고 있어요. 저도 이분의

---

27 주한 러시아 공사와 1904년 러시아가 중국에서 비밀리에 창설한 대일정보 수집조직 상하이 정보국(Shanghai Service) 초대 수장을 지낸 알렉산드르 이바노비치 파블로프(1860~1923)를 모델로 한 것으로 보인다.

명령에 따라 조선의 황제를 러시아로 납치해 가려고 합니다. 상하이를 거쳐서요."[28]

소녀가 오늘 아침 날씨를 이야기하듯 담담한 표정으로 말했다. 옆에 앉은 베델의 눈에서 광채가 뿜어져 나왔다. 나는 이 믿을 수 없는 이야기에 크게 당황했다. 지금까지 단 한 번도 상상해 본 적 없는 충격적인 작전이었기 때문이다.

"우와, 황제 납치라… 참 재미있는 생각이긴 한데요. 그런데 그 말을 진심으로 하신 건 아니겠죠?"

나는 어처구니없는 농담을 받아치듯 고개를 갸웃거리며 짓궂게 되물었다. 일본인들의 감시를 뚫고 황제를 러시아로 데려가겠다는 소녀의 구상이 너무도 비현실적이었으니까.

"음… 좀 더 자세히 설명해 드려야겠네요."

소녀의 목소리에는 내 경솔한 반응에 대한 질책과 함께 '이제 제대로 된 이야기를 시작하겠다'는 단호함이 담겨 있었다.

"방금 성함을 보여드린 그분께서 극비 정보를 알려 주셨습니다. 조만간 일본이 조선에 엄청난 압력을 가할 거라고요. 이토 히로부미가 서울로 건너와 '일본의 보호령 아래 조선의 모든 외교 권한을 포기한다'는 문서에 강제로 서명을 받아낼 예정입니

---

[28] 1990년대 구소련 해체 이후 러시아 문서들이 대거 공개되면서 고종이 실제로 해외 망명을 시도했다는 사실이 뒤늦게 알려졌다. 대한제국이 일본에 넘어가기 전까지 최소 네 차례 탈출 시도가 있었고, 한일병합 이후인 1918년에도 망명을 준비한 정황이 확인됐다. 작가가 극비였던 고종의 해외 망명 시도를 소재로 소설을 썼다는 사실이 흥미롭다. 리치 작가는 조선을 방문해 베델을 장시간 취재했는데, 이때 베델이 그에게 고종의 해외 망명 계획을 일부 설명했을 가능성이 있다.

다. 이미 일본은 우호 관계인 영국과 미국에 이를 미리 알렸어요. 두 나라는 '조선의 황제가 스스로 원해서 보호령을 요청한 것처럼 꾸민다면 일본의 행동을 눈감아 주겠다'고 합의한 상태고요."

말을 마친 소녀가 깊게 숨을 들이마셨다. 베델은 자신의 조국인 영국이 일본의 조선 침략 야욕을 지원한다는 사실이 못마땅해서인지 연신 미간을 찌푸렸다.

"하지만 분명히 아셔야 할 것이 있습니다."

소녀가 단호한 목소리로 대화를 다시 시작했다.

"영국·미국과 달리 독일과 러시아는 조선 황제의 분명한 의사 표명 없이 이뤄지는 주권 침탈 행위를 절대로 묵과하지 않을 것이라는 사실이죠. 특히 러시아는 일본과의 전쟁에서 처참하게 패배하고 복수의 칼날을 갈고 있어요. 합법적이지 않은 일본의 행동을 더더욱 끈질기게 물고 늘어질 거예요."

굳게 잠긴 호텔 응접실 안, 희미한 램프 불빛 아래서 누구보다 또렷하게 빛나는 눈을 가진 소녀가 복잡하게 얽힌 외교의 역학관계를 설명하는 모습이 신비롭게 다가왔다.

이미 러시아는 한반도 지배권을 일본에 내준 상태였다. 그래도 조선이 일본에 완전히 병합되지 않고 형식적이나마 독립을 유지한다면, 그것은 분명 도쿄 내각의 대륙 침략 야욕을 저지하는 완충지대 역할을 할 수 있다. 한반도에 어떤 방식으로든 영향력을 유지하길 바라는 러시아로서는 그것만으로도 다행스러운 일이 아닐 수 없겠지. 그래서 그들은 이렇게 위험천만한 작전을 단행하려는 것일 테고.

소녀가 설명을 이어갔다.

"얼마 전 조선 황제도 일본의 속셈을 눈치채고 급하게 호머 헐버트[29] 박사를 워싱턴 D.C.로 보냈어요. 시어도어 루스벨트[30] 미국 대통령에게 중재를 요청하기 위해서죠. 그러나 불행히도 이미 미국은 일본과 굳게 손을 잡은 상태예요. 루스벨트 대통령은 헐버트 박사를 만나주지도 않을 겁니다.[31] 그래도 아직 희망은 남아 있어요. 이토가 조선 황제에게 강제로 서명을 받아내려 해도 황제가 이를 완강히 거부하면 일본으로서는 조선 외교권을 합법적으로 접수하기 힘들어요. 두 분도 잘 아시다시피 일본의 국력은 아직 다른 강대국들에 못 미쳐요. 그래서 국제 여론에 민감하게 반응할 수밖에 없죠. 만약 황제가 끝까지 저항하면 도쿄 내각은 꽤 골치 아픈 상황을 맞이하게 될 겁니다."

소녀의 말을 듣고 내가 반문했다.

"정말 흥미로운 생각입니다. 하지만 조선의 황제가 극심한 일

---

29 호머 헐버트(1863~1949). 미국 감리교 선교사로 조선에 들어와서 한글 연구와 대중화에 앞장섰다. 그의 노력으로 한글 띄어쓰기가 표준으로 자리 잡았다. 고종을 도와 대한제국 말기 국권 수호에 앞장섰고 일제 강점기 조선의 독립운동을 지원했다. 서울 양화진 외국인 선교사 묘역에 있다.
30 미국의 전 대통령 시어도어 루스벨트(1858~1919).
31 실제 고종은 1905년 10월 헐버트 박사에게 을사늑약의 부당성을 알리는 밀사 임무를 맡겼다. 헐버트 박사는 미국으로 가 루스벨트 대통령을 만나려고 노력했지만, 그 사이에 일본은 조선을 압박해 을사늑약을 체결해 버렸다. 이에 미국 정부는 '조선의 외교권이 사라졌으니 황제의 친서는 효력이 없다'는 이유를 대며 헐버트 박사를 외면했다.

본의 압박을 견뎌낼 수 있을까요? 이토가 당장이라도 자신을 죽이고 허수아비 황제를 내세울 수 있다고 두려워할 텐데요."

소녀가 내 걱정스러운 표정을 읽고는 더욱 힘 있는 어조로 말했다.

"그래서 러시아 정보 당국이 저를 이곳으로 보낸 겁니다. 조선의 황제를 안전하게 상하이로 모셔 오라고요. 그가 서울을 무사히 탈출하면, 일본이 그토록 탐내는 조선 외교권 접수 문서에 옥새를 찍을 주인공이 사라지잖아요. 그 뒤로 황제가 러시아로 거처를 옮겨 보호받으면 일본은 그를 암살할 기회마저 잃어버리게 돼요. 그러면 각국은 일본을 겨냥해 '도대체 서울에서 무슨 일이 벌어진 것이냐'고 따져 물을 것이고 도쿄는 전 세계 언론의 십자포화를 피할 수 없게 돼요. 이쯤 되면 교활한 이토의 조선 병합 계획도 상당한 타격을 입겠죠."

소녀가 고개를 뒤로 젖히며 조용히 웃었다. 그녀의 보라색 눈이 매혹적으로 빛났다.

"제가 설명해 드린 조선 독립 첩보전이 마치 숨겨진 역사의 비밀을 몰래 발설하는 노교수의 강의처럼 들리시나 보네요. 어쨌든 두 분은 앞으로 이 놀라운 계획이 실제로 눈앞에서 구현되는 모습을 확인하실 겁니다. 상하이에 계신 그분께서는 제가 조선의 '젠틀맨'[32]들과 굳게 손을 잡고 이번 임무를 성공시킬 것으로 믿어 의심치 않기에 이번 작전에 모든 것을 걸었습니다. 제가 중국을 떠나기 전날, 그분께서 제게 마지막으로 남기신 말씀은

---

32 의로운 일에 목숨까지 거는 신사도 정신의 소유자.

바로 이것이었어요. '서울로 가서 베델을 만나라. 그는 진심으로 조선을 돕고 싶어 하니 이번 모험에 반드시 동참할 것이다'라고요."

소녀가 건배를 청하듯 빈 술잔을 입가로 가져가는 시늉을 하며 자신감이 넘치는 목소리로 속삭였다.

"이제 운명의 주사위는 던져졌어요. 불쌍한 이토 히로부미 후작을 위하여! 우리의 작전은 그의 조선 입국 시점에 맞춰 진행됩니다. 작전명은 바로, 상하이 특급!"

그녀의 드라마틱한 선전포고를 듣고 있던 베델이 갑자기 끼어들어 대화를 끊었다.

"두 분께 정말 죄송한 말씀입니다만, 여기서 중요한 이야기를 모두 나누기에는 시간이 부족할 듯합니다. 우리가 밤새도록 함께 있는 걸 일본 경찰이 알아채면 금세 호텔로 달려들어 이 방을 덮칠 테니까요."

베델은 긴 회의를 서둘러 마치고자 조선 왕궁의 암울한 현실을 요약해서 설명했다. 오래전부터 하세가와가 경운궁을 장악해 황제와 왕자들을 감시하고 있으며, 상당수 조선 대신은 일본에 매수돼 나라의 운명을 시류에 흘러가는 대로 내버려두고 있다는 것을. 진심으로 조선의 앞날을 걱정하는 충신이 일부 남아 있지만 이들 모두 죽음의 그림자 속에서 하루하루를 두려움 속에서 보내고 있다는 것을.

마지막으로 베델이 날카로운 눈빛으로 핵심적인 질문을 던졌다.

"그렇다면 당신은 어떻게 일본 감시자들의 삼엄한 눈을 피해 황제와 망명 계획을 논의할 생각인가요?"

소녀의 입에서 나온 대답이 놀라웠다. 첩보원이 되려고 태어난 사람 같았다.

"저는 조선 황제의 초상화를 그리고자 서울로 찾아온 화가로 신분을 설정했어요. 얼마 전 베이징에서 연로한 황후[33]의 초상화를 그린 미국인 화가[34]의 이름을 도용했죠. 상하이에서 중국인들의 도움을 받아 황후의 친서뿐 아니라 초상화 완성 뒤 화가에게 하사했다는 옥 목걸이도 똑같이 위조했고요. 제 신원을 뒷받침할 몇 가지 문서도 추가로 준비했어요."

소녀는 커다란 여행용 트렁크를 열고 그 안에서 정성스레 포장된 꾸러미를 꺼내 펼쳐 보였다. 워싱턴의 영향력 있는 '거물'과 주중 미국 대사가 조선의 황제에게 써 준 추천서가 담겨 있었다. 주일 영국 대사 부인의 친필 서신도. 미국인 '어진화가'로서의 준비는 완벽해 보였다.

"이것들이 바로 제가 황제의 궁궐 문을 열게 만들 입장권이죠."

우리 셋이 은밀한 응접실 회동을 끝내고 나니 밤 10시가 훌쩍 넘어 있었다. 베델과 나는 1층으로 내려와 호텔에서 하나뿐인 당구대에서 게임을 하며 방금까지 소녀와 나눈 흥미진진한 대

---

33 서태후(1835~1908).
34 '미국인 어진화가' 설정은 실제로 고종과 서태후에 서양식 초상화를 그려준 미국인 휘베르트 보스(1855~1935)의 이야기를 차용한 것으로 보인다. 다만 소설 속 내용과 달리 보스는 1899년 고종의 초상화를 먼저 그렸고 서태후의 초상화는 1906년에 완성했다.

화를 곱씹고 있었다.

그런데 자정쯤이었다. 갑자기 호텔의 정적을 깨뜨리는 날카로운 총성이 울려 퍼졌다.

술에 취해 얼굴이 붉어진 호텔 주인 루이가 이 소리에 놀라 허둥지둥 로비로 뛰어왔다. 종업원들이 머무는 대기실에서도 부산한 발소리가 이어졌다. 현관을 지키던 조선인 벨보이는 혼비백산한 표정으로 쇠몽둥이를 흔들어대다가 뭔가를 깨뜨렸다.

우리도 들고 있던 큐대를 내려놓고 로비로 나갔다. 머리 위 2층 복도에서 떨리는 목소리가 들려왔다.

"거기 아무도 안 계세요? 제발 누구든 빨리 와 주세요! 방금 제가 사람을 쐈어요!"

소녀의 목소리였다. 나와 베델은 서로 얼굴을 마주 보고는 쏜살같이 뛰어 올라갔다.

복도로 나온 소녀가 잠옷 용도의 기모노를 걸치고 있었다. 두 손으로 무언가 단단한 것을 움켜쥐고 있었는데, 자세히 살펴보니 작고 검은 권총이었다.

소녀는 루이에게 램프를 가져다 달라고 부탁한 뒤 우리를 방 안으로 안내했다. 뚜껑이 열린 소녀의 트렁크가 덩그러니 놓여 있었다. 푸른빛이 희미하게 감도는 실밥도 바닥 여기저기에 흩어져 있었다. 일본인들이 주로 입는 뻣뻣한 외투에서 뜯겨 나온 것으로 보였다.

방 한가운데에 정체를 알 수 없는 남성이 얼굴을 바닥에 처박고 엎드려 있었다. 베델이 조심스럽게 그의 몸을 뒤집었다. 이미

이 세상 사람이 아니었다. 검은 철사 같은 머리카락이 얼굴을 뒤덮어 나이도 식별하기 쉽지 않았다.

소녀는 이런 일이 있을 것으로 예상하고 있었다는 듯 어떠한 감정의 동요도 보이지 않고 차분하고 조용하게 속삭였다.

"일본의 반격이 정말 빠르군요. 그렇지 않나요?"

03. 어진화가로 경운궁에 들어간 소녀

 놀랍게도 소녀는 서울에 온 지 사흘 만에 황제가 기거하는 경운궁[35]의 문턱을 넘을 수 있었다. 아이러니하게도 친일파인 스티븐스가 그녀의 입궁을 적극적으로 도운 덕분이었다.

 그는 한때 미국의 외교관이었지만, 지금은 매의 눈으로 조선 정부를 감시하는 일본인들을 돕고 있었다. 긴장감이 감돌던 '위기의 도시' 서울에서 연일 숨 막히게 펼쳐지는 강대국들의 치밀한 수싸움을 읽어내고자 도쿄의 권력자들이 그에게 거액을 찔러준 덕분이었다.

 만약 소녀가 유혹의 눈빛에 더해 워싱턴의 거물에게 받았다는 서신을 보여주지 않았다면, 이 냉철한 미국인은 상하이에서 왔다는 여성 화가에게 눈길조차 주지 않았을 것이다. 그러나 소녀가 내민 추천서 뭉치에 적힌 쟁쟁한 이름들을 훑어보고는 믿을 수 없다는 듯한 표정을 지었고, 조금 전까지와 180도 달라진 태도로 소녀를 챙겼다. 미국 공사에게도 따로 연락해 만남을 주선하겠다고 약속했다. 차가운 바람이 거세지던 10월 마지막 주, 소녀는 이렇게 조선의 황제를 알현할 기회를 얻을 수 있었다. 나 역시 소녀를 따라서 어렵지 않게 궁궐로 들어갈 수 있었다.

 그게 가능했냐고? 물론이지. 난 조선의 황제와 신하를 만나는 데 아무 걸림돌도 없던 대한제국 해관의 부세관장이었어. 조선

---
35 덕수궁.

에서 여러 공로를 인정받아 훈장까지 받았고. 나에게는 '열려라 참깨' 같은 마법의 힘으로 경운궁을 자유롭게 드나들 수 있는 특권이 있었어.[36]

왕실의 위엄을 담은 검은색 마차가 호텔로 왔다. 나는 소녀의 옆자리에 앉았다. 그녀가 깊이를 알 수 없는 눈빛으로 나를 바라보며 말했다.

"이번 작전은 제가 지금까지 단 한 번도 경험하지 못한 가장 어렵고 힘든 도전이 될 거예요. 하지만 이상하게도 저는 지금 무척 행복해요. 조선은 제 인생을 걸 만한 가치가 있는 나라니까요."

내가 그녀의 단호한 눈빛을 마주하며 물었다.

"두렵지 않으세요? 당신이 서울 땅에 발을 내딛자마자 일본인 한 명이 그림자처럼 호텔 방으로 숨어들어 가방을 뒤졌어요. 그는 일본이라는 거대한 감시망을 이루는 수많은 톱니바퀴 가운데 하나에 불과해요. 앞으로 그들이 당신을 '제대로' 겨냥하기 시작하면…."

소녀가 내 걱정스러운 표정을 읽었는지 웃으며 말을 잘랐다.

"일본인들은 정말 아마추어예요! 프랑스나 러시아의 베테랑 요원들은 가방을 샅샅이 뒤져도 단 하나의 흔적조차 남기지 않

---

36 대한제국은 회계 업무에 능통한 외국인을 대거 영입했다. 1883년 우리나라 최초의 세관인 인천 해관에서 10여 개국의 외국인이 활동했다. 청나라 해관을 모델로 해외 세관 경력자를 채용했다. 당시 세관은 기상관측과 검역, 항만·등대 관리, 도로 측량, 우편 사업 등 정부 업무를 다방면으로 지원했다. 이 때문에 외국인 세관원은 여러 실무 논의를 위해 수시로 궁에 드나들었을 것으로 추정된다.

죠. 저녁 예복의 섬세한 주름 하나 건드리지 않고 내용물을 전부 훔쳐본 뒤 돌아가요. 그런데 이들은 뭐죠? 훈련도 안 된 좀도둑 같은 자를 보내 사달이 났잖아요!"

나는 이번 일에 발을 담그는 것이 얼마나 위험천만한지 알고 있었다. 하지만 이미 소녀의 아름다운 눈빛과 귓가를 간지럽히는 목소리, 그리고 세상 두려울 것 없어 보이는 배짱에 사로잡힌 뒤였다. 한 번 들어가면 영원히 나오지 못할 미로 같은 그녀의 매력을 거부하고 싶지 않았다. 나 자신이 파리에서 운명과 사랑을 시험하려고 검을 뽑은 삼총사의 '샤를 다르타냥' 같다고 느꼈다.

삐걱거리는 마차가 수백 년 역사를 간직한 서울의 좁고 구불구불한 골목길을 느릿하게 지나 소박한 아름다움을 자랑하는 경운궁의 담벼락 앞에 멈춰 섰다. 이제 조선의 황제를 상하이로 은밀히 탈출시키는 거대한 임무가 시작되는 순간이었다.

우리는 약간의 긴장감을 안고 법궁[37]의 정문을 통과했다. 황제를 알현하기에 앞서 궁 전체를 감시하는 하기와라를 만나야 했다. 그는 키가 작고 몸이 왜소했지만 서울에서 벌어지는 모든 움직임과 속삭임을 포착하는 눈과 귀를 가졌다. 조선의 황제에게 더없이 공손한 태도를 취했지만, 동시에 '이 궁궐의 진짜 주인은 바로 나'라는 듯한 오만함으로 누구보다도 크고 환하게 웃었다.

하기와라의 날카로운 눈빛이 번뜩이면 궁궐 안 모든 이들이

---

37 군주가 거처하는 제1궁궐.

숨도 쉬지 못할 정도로 공포에 휩싸였다. 그가 무서운 목소리로 명령을 내리면 조선의 대신들은 당장이라도 땅에 엎드려 죽은 시늉이라도 해야 할 판이었다. 일국의 군주인 황제조차도 그가 승냥이처럼 이빨을 드러내 으르렁거리는 듯한 목소리를 혐오스러워했다.

그를 만나기 위해 대기실로 들어갔다. 고양이가 자유롭게 드나들 수 있도록 일부러 문턱을 낮춘 듯한 공간은 몽환적인 보라색과 깊고 차가운 파란색이 대비를 이뤄 특별한 아름다움을 자아냈다. 하기와라가 우리의 방문을 미리 알고 예를 갖춰 기다리고 있었다.

내가 먼저 인사를 건넨 뒤 옆에 선 소녀를 소개했다. 그녀가 매혹적인 눈빛으로 바라보며 나지막이 속삭였다.

"하기와라 님! 상하이에 있는 일본 영사관의 친한 친구가 '서울에 가면 반드시 당신을 만나라'고 몇 번이나 간곡하게 이야기했답니다."

소녀의 목소리가 고양이의 털처럼 부드럽고 나른했다. 듣는 이의 마음을 녹이는 묘한 힘을 갖고 있었다.

"그 친구는 당신이 이 궁궐 안에서 가장 강력한 힘을 가진 남자라고 알려줬어요. 그 어떤 유혹에도 흔들리지 않는 강철 같은 도덕성의 소유자라는 것도요. 제가 당신께 호감을 얻을 수 있는 특별한 여자였으면 좋겠어요."

"아~엡!"

하기와라가 짧게 깎은 검은 머리를 정중히 숙였다. 소녀가 여전히 그의 손가락 끝을 부드럽게 잡고 있었다. 하기와라는 보랏빛 눈을 가진 여인이 자신에게 매우 호의적이라는 사실이 무척이나 기쁜 듯 보였다. 그러나 노련한 감시자 특유의 날카로운 경계심 또한 숨기지 않았다.

일본인들은 서울로 들어오는 외국인을 일단 스파이로 간주했다. 아름다운 외모와 묘한 분위기를 풍기는 소녀도 예외는 아니었다. 그녀 역시 이런 일본인들의 뿌리 깊은 습성을 잘 알기에 하기와라의 의심을 풀고자 부드러운 목소리로 대화를 이어갔다.

"하기와라 님, 당신은 연약한 여성을 하찮게 여기는 무뢰한이 아닐 것으로 믿어요. 힘없는 어진화가에 불과한 저를 홀로 내버려두시지는 않으시겠죠?"

소녀의 간절함을 마주한 하기와라가 미소를 지으며 대답했다.

"그럴 리가 있겠습니까. 제가 할 수 있는 힘을 다해 당신을 안전히 지켜 드리겠습니다."

어린 새가 어미 품에 안기듯 소녀가 사랑스러운 눈빛으로 그에게 의지하고 싶다는 신호를 보내자 하기와라의 얼굴이 석류처럼 달아올랐다.

소녀는 하늘하늘한 실크 가운을 입고 있었다. 윤기가 흐르는 금발 머리에 섬세하게 꽂힌 새털 장식은 가벼운 바람에도 부드럽게 흔들리며 살아있는 듯한 율동을 만들었다.

나는 곁눈질로 그들의 감정 교류를 살폈다. 소녀는 비밀스러운 속삭임을 전하듯 고개를 숙여 하기와라의 귓가에 붉은 입술을 가져갔다. 그것은 친밀함과 깊은 존경, 은밀한 유혹의 표시였다. 소녀는 가늘고 하얀 손을 가지런히 모아 더없이 공손한 자세를 취하고는 숲속의 새처럼 작고 아름다운 목소리로 연신 무언가를 중얼거렸다.

"좋습니다. 당신의 뜻대로 하지요."

하기와라는 강력한 자석에 이끌린 쇠붙이처럼 온 신경을 집중해 소녀의 말 한마디 한마디를 경청하고 있었다. 그는 소녀와의 대화에 만족한 듯 기쁜 표정으로 고개를 끄덕이며 황제의 업무 공간인 중화전[38]으로 가자고 손짓했다. 소녀는 나를 스쳐 지나가며 의미심장한 미소를 지었다. 우리의 은밀한 계획이 순조롭게 진행되고 있다는 것을 알려주려는 의도였다.

---

38 황제의 업무 공간으로 1904년 경운궁 화재 때 소실돼 1906년 복원됐다. 소설 속 배경인 1905년에는 없던 공간이지만 작가가 소설 속 사실성을 높이고자 의도적으로 설정한 것으로 보인다.

04. 궁에 갇힌 황제의 유일한 벗 고양이

중화전에 들어서니 우리가 그토록 찾던 황제가 용상에 앉아 있었다.

그는 자두빛 비단으로 정성스레 누빈 관복[39]을 입었다. 양의 눈을 한 대신들과 무당, 지관들이 숙주에 달라붙은 기생충처럼 황제의 곁에 일렬로 모여 있었다. 그들의 뒤로 희미한 달빛이 비치는 고요한 산과 날카로운 비늘로 뒤덮인 긴 꼬리의 용이 담긴 그림[40]이 걸려 있었다. 점차 힘을 잃어가는 이 나라의 어둡고 그늘진 궁과 제법 어울리는 배경이기는 했다.

퇴색한 권위만 남은 궁궐 안에서 붉은빛이 감도는 금색 매듭을 단 왕관[41]을 쓴 황제[42]의 두 눈이 짙은 피로감에 짓눌려 있었다. 그러나 갑자기 나타난 소녀의 등장에 놀란 표정을 감추지 못했다. 그의 흐릿한 눈빛 속에서 잠시나마 빛줄기가 되살아나는 듯했다.

소녀는 중화전의 길고 넓은 공간을 천천히 걸어가 황제의 권위를 상징하는 높은 왕좌 계단 바로 앞에서 무릎을 꿇더니 몸을

---

39 군주와 태자의 일상복인 곤룡포.
40 일월오봉도. 조선의 일월오봉도에는 봉황이 그려져 있지만, 대한제국은 자주국임을 천명하고자 용으로 바꿨는데, 이 소설에는 이런 상황이 정확히 묘사돼 있다.
41 익선관. 익선(翼善)은 모자의 모체 뒤쪽에 달린 매미 날개 모양의 소각(小角)을 말한다.
42 당시 53세.

숙여 극진한 존경을 표했다. 보라색 눈빛으로 군주의 깊게 주름진 얼굴을 조용히 응시했다. 황제는 그녀의 아름다움에 잠깐 앓는 듯한 소리를 내더니 이내 침착함을 되찾고 손짓으로 내관을 불러 무언가를 은밀히 지시했다.

서양에서 온 여성 화가의 등장은 궁 안에 작은 파문을 일으켰다. 황제 앞에 도열한 신하들은 흥분된 목소리로 수군거리며 길게 늘어뜨린 수염을 만지작거렸다. 미래를 엿본다는 무당과 점쟁이들도 벽안의 이방 여인에게서 신기한 기운이 느껴지는 듯 입을 가리고 자기들끼리 연신 수군거렸다. 모든 광경을 지켜보던 하기와라는 미국 여성 하나 때문에 궁 전체가 술렁이는 상황이 한심하다는 듯 의미를 알 수 없는 미소를 지었다.

잠시 후 황제와 소녀의 대화를 도울 통역사가 모습을 드러냈다. 왕가의 일원이자 시종무관[43] 직책을 맡은 민영환이었다. 오랜 외국 생활로 영어 실력과 국제 업무 능력이 탁월해 황제의 두터운 신임을 받고 있었다. 혼란스러운 정국 속에서도 흔들리지 않는 충성심을 보여주던 몇 안 되는 관리이자, 어지럽게 돌아가는 궁궐 안에서 정확한 판단력을 갖춘 거의 유일한 현자라고 해도 과언이 아니었다.

그때였다. 민 대감의 뒤를 따라 검은 고양이 한 마리가 재빠르게 달려오더니 순식간에 황제의 용상 위로 뛰어올라 앉았다. 주

---

43 임금을 호위하던 무관. 당시 민영환은 내무대신과 학부대신, 외무대신 등 요직을 거치며 서양의 문물과 제도에 눈을 떴고 이후 조선의 정치를 개혁하고 민권 신장을 추구했다. 이후 친일 내각과 충돌했고 시종무관으로 좌천됐다.

변 대신들은 늘 있는 일이라는 듯 무관심한 표정으로 일관했다. 과거 민 대감이 외무대신으로 유럽 어느 나라를 방문했을 때 왕실 선물로 받은 고양이라고 한다. 황제는 민 대감에게 받은 작고 귀여운 생명체에 '난향蘭香'이라는 이름을 붙였다.

조선의 몇몇 선왕이 그랬듯[44] 그 역시 자신의 반려묘를 끔찍하게 아꼈다. 국사를 처리할 때도 난향을 곁에 두고 부드럽게 쓰다듬어 주었고, 식사 때도 자신의 옆자리에 난향을 앉혀두고 맛있는 반찬을 손수 떼어 먹였다. 평소 궁녀들은 "황제께서 우리보다 난향을 더 아끼신다"고 입을 삐죽였다.

그는 조선이 걷잡을 수 없이 기울어져 간다는 냉혹한 현실을 꿰뚫어 보면서도, 일본이 쳐 놓은 운명의 올가미에 묶여 발버둥조차 칠 수 없는 무기력한 신세를 한탄했다. 그러나 난향을 바라볼 때만큼은 굳은 표정에도 잠시 온기가 돌았다. 어둡고 침침한 그림자가 드리운 궁궐 안에서 누구의 방해도 받지 않고 돌아다니는 이 작고 따뜻한 생명체가 자신을 위로하는 유일한 존재라고 생각하는 것 같았다.

신기한 것은 난향이 예지력이라도 가진 듯 일본군 무리가 궁 가까이 다가오면 귀신이라도 본 것처럼 울어댔다는 점이다. 실제로 이 고양이가 갑자기 온몸의 털을 곤두세우고 그르렁대면 얼마 안 있어 제법 높은 확률로 궁 주변에서 일본군의 훈련 대형이 펼쳐지곤 했다. 사람이 느낄 수 없는 무언가 심상치 않은

---

[44] 실제로 숙종(1661~1720)은 반려묘를 각별하게 아껴 24시간을 함께 보낸 것으로 유명하다.

기운을 감지하는 것 같았다.

대신들은 이런 난향을 영물靈物로 여기며 감탄했다. 그러나 이 작은 반려묘가 어떻게 해서 그런 능력을 갖게 됐는지는 별 관심이 없었다. 하기와라는 난향의 '하악질'을 일본에 대한 작은 도전으로 받아들인 듯 늘 눈엣가시로 여기는 눈치였다.

그날도 황제는 용상에 기대앉아 난향을 품에 안더니 부드럽게 머리를 쓰다듬었다. 고양이의 온기가 전해져서인지 그의 표정이 한층 밝아졌다. 기분이 좋아진 황제는 여유롭고 권위 있는 목소리로 서양에서 온 소녀를 칭찬하기 시작했다.

"천지신명이 짐에게 이토록 아름다운 이방 여인을 보내 주시니 감사할 따름이오."

곧바로 소녀가 순종적이고 겸손한 어진화가의 모습을 연기했다.

"폐하, 소인은 일찍이 중국 땅에서 존귀하신 황후 폐하의 아름다운 모습을 화폭에 담는 영광을 누렸습니다. 하지만 제가 진정으로 그려야 한다고 마음속 깊이 흠모해 온 분은 바로 폐하십니다. 조선의 빛나는 황제 폐하의 존귀하신 풍모는 저 멀리 바다 건너 미국에도 널리 알려져 있습니다. 만약 제 미천한 재주로 황제 폐하의 용안을 화폭에 담지 못한다면 제 인생에서 영원히 씻을 수 없는 회한이 될 것입니다."

사실 황제에게 소녀의 갑작스러운 초상화 요청은 당혹스러운 일이 아닐 수 없었다. 동양에서는 자신의 모습을 서양식 캔버스에 담아두면 원인을 알 수 없는 병에 걸리거나 영혼이 그림 속에 영원히 갇혀 환생을 막는다는 공포가 상당했다. 그래도 황제가 소녀의 제안을 뿌리치지 못한 것은 그만큼 그녀가 마음에 들었기 때문이리라.

황제가 신중한 결정을 내리겠다며 점쟁이를 가까이 불러들였다.[45] 소녀에게 초상화를 그리도록 허락해도 괜찮을지 점을 치기 위해서였다. 점쟁이는 한참 동안 의미를 알 수 없는 고대의 주문 같은 것을 중얼거리더니 어디선가 계시를 받은 듯 입을 열어 설명했다.

"신의 뜻을 받들어 아뢰옵니다. 서양에서 온 화가가 과거 중국에서 황후 폐하의 모습을 화폭에 담았지만 어떠한 변고도 일어나지 않았다고 합니다. 그러니 폐하께서도 미국에서 온 여인의 간청을 들어주셔도 괜찮다는 것이 천지신명의 답변입니다."

황제는 소녀가 구사하는 공손하고 세련된 예법과 풍부하고 아름다운 은유가 마음에 들었다.

하지만 날카로운 눈빛으로 자신을 쳐다보는 감시자 하기와라의 차가운 표정을 확인하고는 분위기를 감지한 듯 목소리를 엄숙하고 딱딱하게 바꿨다.

"이 문제는 짐의 의지만으로 결정할 수 있는 사안이 아니오. 고문관들과 충분히 상의한 뒤 최종 결정을 내릴 것이니, 내일 궁

---

45 실제로 고종은 무당과 점쟁이에 정사를 의지해 비난받았다.
윤치호(1865~1945)의 일기에는 1905년 러일전쟁 때 제물포 앞바다에서 포탄이 날아다니자 고종이 점쟁이의 말을 듣고 궁궐 기둥 밑에 큰 솥을 묻은 뒤 러시아의 승리를 기원하는 굿을 벌였다고 적혀 있다. 그래서 당시 조선을 다녀간 서양인 대부분은 고종을 '미신에 과도하게 집착하던 군주'로 묘사했다.

으로 다시 들어와 짐이 내린 결정의 내용을 직접 듣도록 하시오."

사실 황제가 이 정도 사소한 일까지 일본인들의 허락을 받아야 하는 건 아니었다. 그래도 그는 즉답을 피한 채 최대한 시간을 끌었다. 소녀를 한 번이라도 더 만나 대화를 나눌 수 있는 구실을 만들고 싶은 것 같았다. 나는 이 음습하고 불길한 음모로 뒤덮인 경운궁에서, 이국적인 소녀가 가져다준 한 줄기 따뜻한 햇볕을 조금이라도 더 오래 붙잡아 두고 싶은 황제의 애틋한 마음을 비난하고 싶지 않았다.

소녀는 잘 훈련받은 첩보원답게 자신에게 관심을 보이는 남성의 은밀한 심리를 깊숙이 꿰뚫어 보고 있었다. 황제의 마음을 더 애타게 만들고자 부드럽고 우아한 목소리에 은근한 서운함을 담아 대답했다.

"제가 어찌 하늘의 자손이시며 이 나라의 존귀한 군주이신 황제 폐하께 조금이라도 불편한 고민거리를 안겨드릴 수 있겠사옵니까. 저의 미천한 재주로 초상화를 그리는 것에 대해 확신이 서지 않으신다면 더는 폐를 끼치고 싶지 않습니다. 미련 없이 서울 땅을 떠나고자 합니다."

소녀의 예상치 못한 단호한 태도에 황제는 짐짓 놀란 듯했다. 곁에 서 있던 신하들에게 서둘러 지시를 내렸다.

"미국에서 온 화가가 뭔가 단단히 오해한 모양이오. 일단 나의 아름다운 사슴 공원으로 여인을 안내해 마음을 풀어주도록 하시오. 그리고 그림 도구를 꼼꼼히 챙겨 내일 궁으로 들어오라고도 전하고!"

이렇게 소녀는 조선의 황제에게 초상화 제작을 허락받을 수 있었다.

우리는 황제의 명을 받은 대신들의 안내로 궁궐 밖에 아름답게 꾸며진 숲[46]길을 따라 걸었다. 그림 같은 정자와 잔잔한 연못들, 맑은 물이 흐르는 하천들이 조화롭게 자리 잡고 있었다. 수백 종의 다채로운 나무들이 정성스럽게 손질돼 정원을 채우고 있었다.

대신들은 조선 건축의 아름다운 곡선미를 자랑하는 처마의 우아함과 궁궐을 지키는 상상 속의 동물인 해태의 흥미로운 유래 등을 설명해 주고 싶어 했다. 그러나 그들 뒤로 누군가 다가오는 것을 살피더니 꿀 먹은 벙어리처럼 굳게 입을 닫았다. 하기와라였다. 그는 재빠른 걸음으로 우리를 따라오더니 순식간에 나와 소녀 사이를 파고들었다. 능숙하게 소녀를 독차지하더니 오랜 친구라도 된 듯 끊임없이 이야기를 늘어놓기 시작했다.

나는 조용히 뒤로 물러나 그들의 움직임을 관찰했다. 하기와라는 서툰 영어 발음으로 여러 단어를 섞어가며 소녀의 관심을 얻고자 애쓰고 있었다. 그의 어설픈 노력을 비웃기라도 하듯 소녀의 맑고 청량한 웃음소리가 종달새의 지저귐처럼 기분 좋게 울려 퍼졌다.

우리가 숲 구경을 마치고 애스터하우스 호텔로 돌아가려고 할 때였다. 하기와라가 붉어진 얼굴로 소녀에게 조심스레 말을

---

46 경복궁 및 창덕궁 일대의 숲으로 추정된다.

건넸다.

"다음 주에 일본 공사관[47]에서 매우 중요한 행사가 열립니다. 부디 당신께서도 참석해 주시면 더할 나위 없이 기쁘겠습니다."

일왕[48]의 생일을 기념하는 자리라고 했다. 겉으로는 축하 행사 초대라고 했지만 속으로는 관심과 감시의 대상인 소녀를 자신의 곁에 두고 싶다는 계산이 숨겨져 있었다.

소녀가 하기와라의 끈적한 요청을 수락한 뒤 나와 함께 덜컹거리는 마차에 몸을 실었다. 마차가 남대문을 지나갈 때였다.

"하기와라, 요 작고 비열한 쥐새끼 같은 놈!"

소녀의 입에서 신랄한 분노가 터져 나왔다.

"맞아요. 그 쥐새끼 한 마리가 궁 전체를 야금야금 갉아먹고 있어요."

나도 소녀의 격앙된 감정에 공감하며 맞장구를 쳤다. 그녀는 매서운 눈빛으로 나를 쏘아보더니 다시 한번 단호하게 말했다.

"그놈은 우리에게 스파이를 보내 뒷조사를 하고도 그 더러운 짓거리에 한마디 사과조차 내놓지 않았어요. 저렇게 뻔뻔한 인간은 처음 봤어요. 하지만 두고 보세요. 반드시 제 앞에서 머리를 숙이고 무릎을 꿇을 날이 올 겁니다. 제가 그렇게 만들겠어요!"

우리가 호텔에 도착하자 미국 공사[49] 부인이 따뜻한 미소로

---

47 현 명동 신세계백화점 터.
48 메이지 천황(1852~1912).
49 당시 미국 공사는 에드윈 버넌 모건(1865~1934) 특명전권공사이다.

우리를 맞았다. 스티븐스의 소개를 받고 소녀를 점심 식사에 초대하러 온 것이었다. 부인은 정중하게 인사를 건넨 뒤 소녀를 데리고 공사 관저로 떠났다.

나는 광화문 가구 거리[50] 뒤편에 자리 잡은 베델의 신문사[51]로 발걸음을 옮겼다. 며칠 전 소녀가 은밀하게 제안한 '상하이 특급' 작전을 논의하기 위해서였다.

베델은 일본인들의 감시망을 피해 은밀히 경운궁을 드나들 수 있는 비밀 통로[52]를 알고 있었다. 믿을 만한 조선인들과 긴밀하게 소통하며 정보를 주고받을 수 있는 연락망도 갖추고 있었고. 베델은 나와 오후 내내 대화를 나눈 뒤 민영환 대감에게 전갈을 보냈다. 밤늦게 그의 집에서 만나 긴히 나눌 이야기가 있다고.

서울에 어둠이 깔리자 우리는 각자 다른 길로 민 대감의 집을 찾아갔다. 하기와라는 오래전부터 민 대감의 집[53] 대문 주변에 자신의 심복을 심어두고 24시간 출입하는 이들을 지켜보게 했다. 그래서 우리는 도둑고양이처럼 그의 집 뒤 낡은 돌담을 몰래 넘어 숨어들어야 했다.

---

50 지금의 태평로.
51 대한매일신보사. 현 종로구 수송동 연합뉴스 빌딩 부근 터.
52 2003년 덕수궁과 러시아 공사관을 잇는 비밀 통로가 발견됐다. 유사시 고종이 일본군을 피해 궁 바깥으로 탈출하려는 용도로 만들어졌다. 대한민국 임시정부 수립 100주년인 2019년 '고종의 길'이라는 이름으로 일반에 공개됐다. 소설 속 베델이 이용했다는 '비밀 통로'가 최근에야 그 존재가 확인된 '고종의 길'일 수 있어 흥미롭다.
53 현 견지동 조계사 터.

우리는 시차를 두고 조선의 마지막 애국자의 방으로 발을 들였다. 작은 책상 위에 재떨이가 하나 놓여 있었다. 은은한 빛을 발하는 호박으로 된 인장이 소박하면서도 아름다운 인상을 풍겼다. 우리는 희미하게 깜빡이는 호롱불에 의지해 조용히 마주 앉았다. 혹시라도 집 밖에 숨어 귀를 기울이고 있을지 모르는 일본인들의 감시를 피하고자 목소리를 낮춰 속삭이듯 대화를 시작했다.

먼저 입을 연 것은 베델이었다. 민 대감을 향해 그의 간절한 계획을 설명했다.

"대감, 마침내 일본의 위협과 횡포에서 황제 폐하를 구출할 수 있는 방법을 찾아냈습니다. 우리의 구상은 이렇습니다. 비밀리에 폐하를 상하이에 있는 러시아 공사관으로 도피시킨 뒤 전 세계에 '조선의 군주께서 일제의 극악무도한 강압에 못 이겨 부득이하게 망명을 선택하셨다'고 선언하는 거죠. 황제는 전 세계 언론의 뜨거운 주목을 받게 될 것이고, 일본은 조선을 강제로 집어삼키려던 추악한 음모가 만천하에 드러나 지탄받게 될 것입니다!"

조선의 위기를 구원하겠다는 뜨거운 열정으로 가득 찬 영국인 신문사 사장은 마치 자신이 십자군의 일원이라도 된 듯 대담하고 용감하게 계획을 선포했다. 민 대감은 그의 제안을 조용히 경청했다. 기다란 곰방대에 담배를 채워 넣으려고 뻗은 손이 미세하게 떨리고 있었다.

"실로 놀랍고 훌륭한 계획이 아닐 수 없소이다. 우리가 황제 폐하를 설득할 수 있다면 더할 나위 없이 좋은 방책이 될 수 있을 것이오. 다만 조선의 군주가 국경 너머로 망명한 전례는 단 한 번도 없소이다. 그리고 황제께서는 나라의 중요한 모든 일을 점쟁이들과 상의하신 뒤에 결정하신다는 것을 잘 알고 계시겠죠. 그 어리석은 놈들은 황제께서 외국 땅으로 떠나시면 왕실의 신성한 기운이 사라져 나라에 불길한 재앙이 닥칠 것이라고 크게 반발할 것이 분명하오."

베델이 단호한 표정으로 말을 이었다.

"그래서 그들의 눈과 귀를 완전히 속여야 합니다. 누구에게도 발설하지 않고 극비리에 추진해야 합니다. 지금 이 썩어빠진 궁궐 안에서 일본의 검은돈을 받지 않은 자가 거의 없으니까요. 이 중대한 계획이 단 한 마디라도 일본 놈들의 귀로 흘러가면 한 시간도 안 돼 궁궐 전체가 일본군에 겹겹이 둘러싸이게 됩니다. 그러니 대감께서는 굳게 비밀을 지키고 계시다가 황제 폐하를 만나면 미국에서 온 화가가 목숨 걸고 여기로 찾아온 진짜 이유를 자세히 설명하셔야 합니다. 대감께서는 폐하의 통역사이니 화가가 초상화를 그리는 그 귀한 시간 동안 폐하의 곁을 지킬 수 있으시잖아요. 폐하께서 모델로 앉아 계실 때 망명에 대한 절박한 논의를 끝내셔야 합니다."

깊은 생각에 잠겨 있던 민 대감이 곰방대에서 입을 떼더니 담배 연기를 길게 내뱉었다. 마침내 결연한 눈빛으로 짧고 단호하게 입을 열었다.

"음… 알겠소. 그렇게 하지요."

숨 막히듯 빠르게 대화를 마친 우리는 다시 한번 그의 집 뒤 담벼락을 넘어 아무 일 없었다는 듯 감리교 선교회 건물[54]을 지나 호텔로 돌아왔다. 삐걱거리는 침대에 몸을 맡기자 복잡한 생각이 밤하늘의 별처럼 머릿속에 채워졌다.

'러시아가 이토록 적극적으로 조선 황제의 망명을 추진하려는 것은 일본의 조선 지배를 최대한 늦추려는 속셈일 것이다. 이는 곧 한반도에서 자신들의 영향력을 키우려는 의도일 테고. 베델 역시 러시아의 음흉한 속내를 모를 리 없지만 그래도 당장 눈앞에 닥친 일본 제국의 공세부터 막아야 하기에 러시아가 제안한 위험천만한 도박을 받아들인 것이겠지.'

꼬리에 꼬리를 물고 이어지는 고민 때문에 깊은 잠에 빠져들 수 없었다.

다음 날 아침이었다. 안개가 다 걷히기도 전 조선의 관리 한 명이 마차를 끌고 호텔로 찾아왔다. 소녀에게 황제의 친서를 전하기 위해서였다. 정갈하게 쓰인 문서에는 다음과 같은 내용이 적혀 있었다.

"그대처럼 뛰어난 예술적 재능을 가진 화가가 짐의 얼굴을 화폭에 담고 싶어 하니 기쁘고 감사할 따름이오. 가능한 한 빨리 궁으로 들어와 주기를 설레는 마음으로 기다리겠소."

황제가 어지간히 마음이 급했던 모양이었다.

소녀는 황제의 친서를 받아 읽은 뒤 마차에 몸을 싣고 경운궁으로 향했다. 궁에서 함께 나온 일꾼이 그녀의 이젤과 프레임,

---

54 현 광화문 동화면세점 빌딩(감리교 본부).

다양한 색깔의 물감이 담긴 상자를 지게에 지고 뒤따랐다. 베델과 나는 호텔 바에 나란히 앉아 이 모습을 초조하게 지켜봤다.

갈색의 스코틀랜드 위스키를 음미하던 베델이 갑자기 심각한 일이 생각난 듯 낮은 목소리로 무겁게 입을 열었다.

"지금 일본이라는 거대한 태풍이 우리 코앞까지 다가왔어. 천둥소리도 점점 커지고 있고. 나와 오랫동안 소통해 온 궁궐 내관에게서 조금 전 전달받은 첩보인데… 오늘 아침 궁궐 안 무당 두 명이 황제 폐하께서 드시고 남긴 음식을 먹었다가 독극물에 중독돼 쓰러졌다고 해.[55] 그들이 먹은 음식은 황제가 식사하실 때 손도 대지 않았던 사슴 고기였다는데, 만약 황제가 오늘 아침에 이걸 맛보셨다면 어떻게 됐을까…"

---

55 왕이 먹고 남긴 음식은 물림상(物任床)이라고 해서 신하와 궁녀, 나인 등 아랫사람들에게 내려졌다. 왕의 신임을 받는 측근들은 물림상을 하사받는 것을 영광으로 여겼다.

05. 윤곽 드러내는 '상하이 특급' 작전

 이날부터 소녀의 붓 끝에서 황제의 얼굴 윤곽이 모습을 드러내기 시작했다. 미국 공사 부인은 소녀가 그림에만 집중할 수 있도록 관저[56]에서 머물 것을 제안했다. 오랜만에 영어로 자유롭게 대화할 수 있는 상대를 만나 호감을 느낀 것 같았다. 세간의 이목을 집중시키는 매력적인 인상의 화가를 곁에 둬 사교계의 화젯거리가 되고 싶은 속내도 있었던 듯했다.

 덕분에 소녀는 끈질기게 그녀의 뒤를 밟던 하기와라의 감시망에서 잠시 벗어날 수 있었다. 경운궁과 담벼락 하나를 사이에 둔 공사 관저는 소녀가 언제고 황제를 찾아가 은밀히 속삭일 수 있는 요충지이기도 했다.[57]

 무엇보다 다행스러웠던 건, 일본인들의 '요시찰 인물'인 베델과 거리를 둘 수 있게 됐다는 점이다. 그가 머물던 애스터하우스 호텔이 소녀의 안전을 보장할 수 있는 공간은 될 수 없었으니까.

 그래도 솔직한 내 마음을 말하자면… 그녀가 루이의 작은 호텔에 계속 머물렀으면 하는 바람이었다. 단순한 동료애나 며칠

---

56 지금의 정동에 있었다.
57 1895년 10월 일본 낭인들이 경복궁에 난입해 명성황후를 시해한 을미사변이 터졌다. 이때 고종은 생명의 위협을 느껴 러시아 공관으로 피신했는데, 바로 아관파천이다. 이후 고종이 정신적 상처 때문에 경복궁을 찾지 않게 되면서 법궁(제1궁궐)으로서 역할이 사라졌다. 대신 경운궁이 점차 면적을 넓히면서 나중에는 미국 공사관과 벽 하나를 사이에 두고 맞붙게 된다.

간 함께 헤쳐 온 모험 때문만은 아니었다. 가슴 한편에 움트기 시작한 뜨거운 감정이 서서히 커졌기 때문이었다. 다만 지금 여기에 소녀와의 사랑 이야기까지 자세히 적고 싶지는 않다. 다음에 좀 더 자세히 설명할 기회가 있을 테니까.

호텔 카운터에서 계산을 마친 소녀가 작별의 시간이 왔음을 알리고자 나를 불러냈다.

"빌리."

그녀의 목소리는 낮았지만 단호했다.

"이제 저는 당분간 두 분과 떨어져서 '상하이 특급' 작전의 다음 단계를 준비할게요. 하기와라의 끈질긴 의심을 피해서요. 필요할 때마다 민영환 대감을 통해 쪽지를 전달할 테니 인내심을 갖고 기다려 주세요."

나는 걱정과 기대를 담아 소녀에게 말했다.

"알겠어요. 당신의 담대한 계획이 반드시 성공하길 기도할게요. 혹시라도 제가 조선을 구하려는 당신의 여정에 방해가 된다면 솔직하게 말씀해 주세요. 언제든 이 모험에서 깨끗하게 물러날 테니까요."

소녀가 나의 말에 애틋한 미소를 지으며 고개를 저었다.

"오, 안 돼요, 내 소중한 친구! 저는 당신과 함께 이 숨 막히는 드라마를 기적 같은 해피 엔딩으로 끝내고 싶어요. 우리가 이번 임무를 완수하는 날, 동북아시아의 역사는 다시 쓰일 것이고 당신의 역할도 영원히 기억되겠죠. 그러니 비밀스러운 '상하이 특급' 작전이 끝날 때까지 우리는 한 팀으로 움직여야 해요."

소녀는 낡은 가죽 트렁크의 깊숙한 주머니에서 반으로 접힌 얇은 종이 한 장을 꺼냈다. 상하이로 보낼 전보 메시지였다. "초상화, 성공, 만세"라는 세 개의 짧은 단어와 함께 그녀의 이름이 적혀 있었다.

"우리가 처음 만난 날 당신에게 이야기했던, 이 모든 계획의 배후에 있는 그분께 보낼 내용입니다."

소녀의 목소리가 묘한 기대감으로 떨리고 있었다.

"내막을 모르는 사람들은 이 짧은 단어들이 얼마나 심오한 의미를 담고 있는지 상상조차 못 하겠죠?"

소녀의 얼굴에는 학교 연극에서 처음으로 중요한 역할을 맡은 아이처럼 설렘과 흥분이 어려 있었다.

"황제 폐하께서 망명 결심을 굳히시면, 민 대감을 통해 당신에게 신호를 보낼게요. 그러면 당신은 주저 없이 이 암호 같은 내용을 상하이로 보내 주세요. 이때부터는 일분일초가 급하니 최대한 신속하게 메시지를 전송하셔야 해요. 서울은 감시가 심하니 상대적으로 일본인들의 눈을 피하기 쉬운 제물포로 가는 것이 안전할 거예요."

나는 궁금증을 참지 못하고 조심스럽게 물었다.

"이후 계획도 알려주실 수 있나요?"

소녀는 작고 야무진 손으로 허공에 그림을 그려가며 설명했다.

"상하이에 계신 그분[58]은 당신의 전보를 받는 즉시, 옌타이로

---

58 알렉산드르 이바노비치 파블로프(1860~1923)로 추정.

똑같은 내용을 타전할 거예요. 제물포[59]에서 직선거리로 400㎞ 밖에 떨어지지 않은 항구 도시죠. 거기서 날렵한 증기선이 쏜살같이 출발해 24시간 안에 경운궁과 가까운 강가[60]에 은밀히 닻을 내립니다. 그러면 저와 황제는 어둠을 틈타 궁궐을 빠져나와 그 배를 타고 중국 땅으로 탈출하게 되죠."

나는 묵묵히 고개를 끄덕였다. 이렇게 그녀와 헤어진다고 생각하니 가슴 깊숙이 아쉬움이 밀려왔다. 소녀가 그런 내 마음을 알아챈 듯 말을 이어갔다.

"그리고… 배에 두 명이 더 오를 거예요."

"두 명이라고요? 대체 누구죠?"

놀라움으로 가득 찬 내 목소리에 소녀는 장난기 어린 미소로 화답했다.

"그건 바로… 조선을 뱀처럼 휘감아 손아귀에 넣으려는 일본인들을 누구보다 증오하는 두 명의 악동이죠. 황제가 무사히 조선을 탈출하면, 매의 눈으로 조사에 나설 일본인들이 당신들을 가만 내버려둘까요? 그러니 두 분도 우리와 함께 떠나셔야죠."

소녀의 예상치 못한 대답에 웃음이 터져 나왔다. 황제의 탈출 이후 나와 베델이 겪을 고난까지 미처 생각해 보지 못했는데, 그녀가 우리의 안위까지 챙겨주려 한 것이다. 이 사실이 나에게 벅찬 감동으로 다가왔다.

나는 기분이 좋아지자 순간적으로 짓궂은 장난기가 발동했다.

---

[59] 인천.
[60] 당시 한강에 있던 여러 포구 가운데 하나.

"그래서 말인데… '상하이 특급' 작전을 성공리에 마무리하면 당신과 진지하게 만나볼 수 있을까요?"

"아, 제발, 지금은 그런 이야기를 꺼내지 말아 주세요."

순간 소녀의 맑고 쾌활했던 눈빛이 심각함으로 물들었다. 그녀는 나의 손을 붙잡더니 진지한 눈빛으로 나를 바라보며 말했다.

"빌리, 제 말을 부디 마음 깊이 새겨들으세요. 당신과 나, 그리고 베델은 이번 작전을 반드시 성공시켜야 해요. 그렇지 않으면 우리의 목숨조차 부지하기 어려울 수 있다는 사실을 잊지 마세요."

내가 얼마나 위험한 소용돌이에 발을 들여놓았는지, 소녀의 단호하고 차가운 경고가 다시 한번 깨닫게 해주었다. 우리 세 사람은 보이지 않는 칼날을 숨긴 유령 같은 일본의 음모 속에서 언제고 흔적도 없이 사라질 수 있었다. 이 세상은 그런 우리를 기억해 주지 않을 것이고.

소녀가 굳은 표정으로 말을 이었다.

"만약 당신이 일본군에 붙잡혀 섬뜩한 사형 집행 기구가 보이는 법정에 끌려간다면 자신을 제대로 변호할 수 있을까요? 우리가 상하이에 무사히 도착할 때까지 단 한 순간도 긴장의 끈을 놓아서는 안 돼요. 이건 당신을 진심으로 걱정하는 제 마음에서 우러나온 간절한 조언이에요."

나는 묵묵히 그녀의 손등에 입을 맞췄다. 지금 가장 어울리는 대답이자 내가 할 수 있는 유일한 행동이었다.

인사를 마친 소녀는 미국 공사 관저로 향하는 마차에 몸을 실었다.

그날부터 베델과 나는 루이의 호텔 바 구석에 앉아 술잔을 기울이거나 당구대에서 공을 굴리며 소녀가 민 대감을 통해 보낼 메시지를 기다렸다. 우리의 신경이 날카롭게 곤두서 있었다. 보이지 않는 쇠사슬에 묶인 듯한 무력감이 호텔 전체를 짓누르는 듯했다.

상하이에서 온 젊고 강인한 여성은 일본 제국의 그림자가 드리운 위기의 조선을 구하고자 외로운 싸움을 벌이고 있었다. 자신의 모든 운명을 조선에 건 베델도 호텔 바에서 술에 취해 울분을 토하며 목소리를 높이고 있고.

"화산 폭발로 순식간에 솟아난 저 섬나라가 반만년 역사의 한반도를 야금야금 집어삼키고 있는데, 전 세계는 왜 이리도 무관심하단 말인가!"

나는 소녀가 시작한 '상하이 특급' 작전이 제대로 진행되는지 확인할 방법을 찾지 못해 하루하루를 불안한 마음으로 기다렸다.

그렇게 사흘이 지났다. 저녁 늦게 베델의 신문사[61]로 조선인 청년 하나가 슬그머니 들어오더니 베델의 귓가에 뭔가를 속삭였다. 베델이 놀람과 기대에 찬 눈빛으로 나를 부르더니 큰 소리로 외쳤다.

"소녀가 전보를 보내래! 최대한 빨리!"

---

61 대한매일신보사.

내 심장이 쿵쾅거리기 시작했다. 마침내 황제가 망명 계획을 승인한 것이다. 숨 막힐 듯 컴컴한 서울 시가지에서 다급하게 인력거꾼을 채근해 세계 기록을 깨려는 단거리 선수처럼 달리게 했다. 제물포로 향하는 마지막 기차를 타기 위해서였다. 아마도 그 소년은 나 때문에 내리 사흘은 몸져누웠을지 모른다.

간신히 막차에 몸을 싣고 두 시간 가까이 들판을 가로질렀다. 자정이 거의 다 돼서 제물포에 도착했다. 인천 해관 건물에는 전화국이 함께 자리하고 있었다. 대한제국 해관의 부세관장이었던 나는 일주일에 두 번은 이곳에서 업무를 처리했다. 이 늦은 밤에 전화국을 찾은 나를 이상하게 보는 사람은 없었다.

게다가 이날은 운명의 여신도 내 편이었다. 매의 눈으로 모든 전보를 하나하나 읽어보던 일본인 검사관도 때마침 자리를 비웠다. 나는 떨리는 손으로 상하이를 향해 세 단어를 보낸 뒤 무거운 짐을 내려놓은 듯 홀가분한 마음으로 평소 친분이 있던 중국인이 운영하는 호텔[62]에 여장을 풀었다. 객실의 낡은 발코니에 기대 길게 담배 연기를 내뿜었다. 어둠 속에서 반짝이는 제물포 항의 희미한 불빛을 물끄러미 바라보았다.

이제 러시아 외교가의 노련한 거물은 내가 보낸 세 개의 짧은 단어, '초상화, 성공, 만세'를 받아본 뒤 옌타이를 향해 '돛을 올리라!'는 명령을 내릴 것이다. 곧이어 어느 이름 모를 항구에서

---

62 제물포 대불호텔(현 인천 중구생활사전시관)로 추정된다. 대불호텔은 우리나라 최초의 서양식 호텔로 1888년 일본인 무역상 호리 히사타로가 세웠다. 1899년 경인선 철도가 개통돼 객실 손님이 줄어들자 중국인들이 인수해 운영했다.

날렵한 증기선 한 척이 서울을 향해 은밀히 항해를 시작할 테고. 조선의 마지막 희망을 싣고 황제를 구하러 올 쾌속선은 내가 바라보는 검푸른 황해의 어딘가를 날카로운 칼날처럼 가르기 시작할 거야.

'국제정치'라는 이름의 거대하고 민첩한 기계가 정확하게 작동하려면 '외교'라는 엔진 속 수많은 톱니바퀴와 피스톤이 한 치의 오차도 없이 정확히 맞물려 돌아가야 한다. 나 또한 그 거대한 엔진 속 아주 작고 보잘것없는 톱니바퀴 가운데 하나일 뿐이고.

어느새 나의 시선은 '어둠의 도시' 서울을 향하고 있었다. 빛나는 금발의 머리카락과 신비로운 보랏빛 눈동자를 가진 그 여성이 거대한 약탈자들에 맞서 외롭고 힘겨운 싸움을 벌이고 있다고 생각하니 내 마음도 편할 리 없었다.

다음 날 새벽 나는 첫 기차에 몸을 싣고 서울로 돌아왔다. 세관과 관련된 복잡한 문제를 논의하기 위해 일본 탁지부의 거만한 고문[63]을 만나러 궁으로 들어갔다. 이날 황제의 고문관 가운데 한 명인 메가타는 평소와 달리 얼굴이 붉으락푸르락하며 극도의 분노에 휩싸여 있었다. 마지막 자존심을 걸고 버티는 황제를 앞에 두고 이토 히로부미를 대신해 '조선의 외교권을 내놓으라'고 압박했지만 원하는 결과가 나오지 않았던 모양이다.

나는 메가타를 보며 강한 분노를 느꼈다. 하지만 그를 제거한다고 해서 조선의 처지가 달라질 건 없었다. 메가타 역시 '국제

---

63 메가타 다네타로.

정치'라는 거대한 기계를 굴리는 데 필요한 수많은 톱니바퀴를 위한 녹슨 나사에 불과했으니까. 그가 없어져도 일본 제국은 아무런 망설임 없이 반짝반짝 빛나는 새 나사를 구해다가 그 자리를 채울 테고.

생각이 여기까지 미치자 마음이 무거워졌다. 기분 전환을 위해 조선에서 가장 좋아하는 산책길인 경복궁으로 향했다. 근정전[64]의 화려했던 단청은 빛이 바랬고 웅장했던 기둥도 뼈대만 앙상하게 남았다. 쓸쓸한 잔해를 마주하자 가슴속 깊이 안타까움이 밀려왔다. 한때 동북아시아의 중심이던 이 왕궁은 어쩌다가 쇠락의 길을 걷게 된 것일까. 애처로운 심정으로 조선의 흥망성쇠를 곱씹으며 발걸음을 재촉했다.

전나무 가지가 드리운 그늘 아래 자리 잡은 왕실 도서관[65]의 발코니에 올라섰을 때였다. 저 멀리서 정적을 깨고 섬세한 리듬과 아름다운 운율을 가진 낭랑한 목소리가 들려왔다. 소녀였다. 곧이어 무겁고 둔탁한 억양을 가진 남성의 목소리도 들을 수 있었다. 하기와라였다. 그들은 점점 도서관 쪽으로 다가오더니 내가 숨어 있던 발코니 바로 아래에 멈춰 섰다.

나는 그들의 눈에 띄지 않도록 건물 뒤쪽으로 몸을 옮겼다. 나도 모르는 사이에 은밀한 대화를 엿듣는 첩자가 돼 있었다. 소녀의 목소리가 분노와 격앙으로 뒤섞이기 시작했다.

"당신께서 세심한 관심을 보여주셔서 정말 감사합니다만, 솔

---

64 조선 시대 국가 중대 의식을 거행하던 건물.
65 집옥재.

직히 말씀드리면 제 기분은 조금도 유쾌하지 않아요. 당신이 이 낯선 서울 땅에서 저에게 무슨 짓을 했는지 똑똑히 알고 있으니까요."

당황과 초조함에 휩싸인 하기와라가 다급하게 소녀의 말을 가로챘다.

"실례되는 말씀입니다만… 무슨 말씀을 하시는지 짐작조차 가지 않는군요."

소녀가 차가운 미소를 지으며 일부러 풀이 죽은 듯한 어조로 대화를 이끌었다.

"네, 그렇게 딱 잡아떼실 줄 알았어요."

부드럽고 감미로운 목소리였지만, 그 속에는 상대를 찌르는 듯한 날카로움이 숨어 있었다.

"여자들은 남자가 자신에게 은밀한 관심을 품고 있다는 것을 본능적으로 알아챌 수 있어요. 그리고 매력적인 이성이 자신을 주시하고 있다는 사실을 은근히 기뻐하죠."

소녀의 목소리가 하기와라의 심장을 달콤하게 두드리고 있었다.

"하기와라 님, 당신은 줄곧 제 뒤를 그림자처럼 따라다녔고 제게서 한순간도 시선을 떼지 못하셨어요. 그걸 부인하진 못하실 거예요."

하기와라의 얼굴이 당황스러움으로 붉게 물들었다.

"그게… 왜 그랬냐면… 당신을 지켜드려야 할 의무가… 당신을 보호해야만 하는…."

그의 어눌한 변명에 소녀를 향한 은밀한 감정이 고스란히 드러났다. 소녀가 단호하게 그의 말을 끊었다. 그녀의 짧은 단어 속에는 명령과 같은 엄격한 분위기가 서려 있었다. 소녀의 보랏빛 눈에서 불꽃이 튀었다.

"하기와라 님, 그만하세요! 당신은 솔직하지 않아요. 당신이 줄곧 저를 따라다닌 것은 저에게 호감을 느껴서가 아니었어요. 단지 저를 위험한 인물로 의심했기 때문이었을 뿐. 지금 이 순간도 그 이유 때문에 제 모든 움직임을 낱낱이 감시하는 것이겠죠! 저는 그것도 모르고…."

소녀의 날카로운 추궁에 일본인 관리의 얼굴이 창백하게 질려갔다. 그는 당황한 듯 말을 심하게 더듬었고, 나중에는 억울함과 당혹감이 뒤섞여 울먹이는 소리까지 내기 시작했다.

"절대로… 절대로… 그런 불쾌한 생각은 단 한 번도 가진 적이 없습니다! 말도 안 됩니다!"

소녀가 단호한 목소리로 하기와라의 변명을 잘라냈다.

"거짓말 마세요! 제가 처음 서울에 도착한 날, 당신은 첩자를 보내 제 방에 있던 트렁크를 샅샅이 뒤졌어요! 당신처럼 힘 있는 사람이 아니라면 조선 땅에서 감히 누가 저에게 그런 짓을 할 수 있겠어요? 그러니 이제라도 솔직하게 모든 사실을 털어놓으세요!"

소녀의 목소리는 분노와 떨림으로 가득 차 있었다. 하기와라는 예상치 못한 공격에 크게 당황한 듯 보였다.

"아… 알겠습니다. 정말 죄송합니다! 당신이 누구인지 제대로 알지 못했기 때문입니다. 정말 잠깐이지만 당신이 스파이가 아닐까 의심했어요. 당신이 서울에 도착하자마자 베델을 만났기 때문입니다. 그는 정말로 위험한 작자니까요. 그래서 사람을 시켜서 당신을 조사해 보라고 했던 것이고요. 하지만 지금 생각해 보니 그건 정말 어리석은 짓이었습니다. 저의 큰 실수였어요!"

하기와라는 서툰 영어를 섞어가며 소녀를 필사적으로 설득하려 애썼다. 발코니 위에서 숨죽인 채 이 상황을 지켜보던 나는 사람의 감정을 조종하는 그녀의 악녀 연기에 혀를 내두를 수밖에 없었다.

순식간에 차분하고 부드러운 목소리로 돌아온 소녀가 사랑스러운 눈빛으로 하기와라를 바라보며 말했다.

"그렇다면… 당신께서 진심으로 저에게 사과할 마음이 있다고 믿어도 될까요?"

하기와라는 간절한 목소리로 소녀에게 매달렸다.

"그럼요! 이렇게 무릎을 꿇고 당신께 사죄드립니다. 아름다운 여인이여!"

소녀는 마침내 올 것이 왔다는 듯 마음속 깊이 품고 있던 말을 꺼냈다.

"하기와라 님, 그렇다면 우리가 이렇게 합의하는 것은 어떨까요? 아시다시피 저는 황제 폐하와 귀한 시간을 보내며 초상화를 그리고 있어요. 하기와라 님은 그때조차도 저를 매의 눈으로 감시하고 계시죠. 하지만 당신도 아시다시피 폐하께서는 당신을 몹시 두려워하십니다. 황제께서 워낙 긴장하신 탓에 용안의 표정이 수시로 변해서 그림을 마무리하기가 쉽지 않아요. 게다가 당신께서 '무슨 꿍꿍이라도 있는 게 아닌가' 하는 눈빛으로 무섭게 지켜보고 계시니, 저 역시 그림에 집중하기가 힘들고요."

소녀의 목소리에서 달콤한 속삭임이 흘러나왔다. 하기와라의 굳었던 얼굴에 안도의 빛이 감돌기 시작했다. 어느새 소녀의 어조가 한없이 부드럽고 겸손하게 바뀌었다.

"하기와라 님, 이제 아시겠죠? 제가 결코 뭔가 의심받을 만한 일을 꾸미는 그런 사람이 아니라는 것을요. 그렇다면 지금부터라도 황제 폐하와 통역사하고만 초상화를 그릴 수 있도록 며칠만 배려해 주실 수는 없을까요? 그러면…"

"그러면…?"

하기와라는 그녀의 다음 말을 기다리며 침을 삼켰다. 소녀는 짧고 매혹적인 미소를 지으며 귓가에 속삭이듯 말했다.

"작업을 최대한 빨리 끝마친 뒤… 당신과 둘만의 시간을 만들어 볼게요. 그것도 아주 특별한 시간을."

나는 두 사람이 함께 도서관을 떠나 멀어지는 모습을 긴장감 속에서 지켜보았다. 길게 늘어진 늙은 소나무 가지 사이로 쏟아지는 햇살이 소녀의 금발에 부딪혀 눈부시게 빛났다. 그녀는 아무 일도 없었다는 듯 평온한 보폭으로 오래된 아치형 다리를 건너 경운궁 쪽으로 사라졌다. 드디어 소녀가 날카로운 이빨을 드러낸 일본 승냥이의 턱에 재갈을 물린 것이다.

06. 조선을 찾아온 '상하이 특급'

 이튿날이었다. 점심을 먹으러 애스터하우스 호텔로 돌아오니 하기와라의 일본인 심부름꾼이 나를 기다리고 있었다. 그가 깔끔하게 접힌 편지지 한 장을 건넸다. 소녀의 익숙한 필체가 눈에 들어왔다.

 '친애하는 빌리.'

상냥한 인사로 서두를 시작했다.

 번거로우시겠지만 오늘 저녁 제물포로 발걸음을 옮겨주실 수 있으신지요? 야생동물 사냥을 즐기는 친구들이 옌타이에서 배를 타고 오늘 밤이나 내일 아침 조선에 들어온다는 반가운 소식을 들었습니다. 그들은 호랑이를 사냥하고 싶다는 열정 하나로 총을 들고 먼 길을 왔는데, 혹여나 조선 침입을 위한 원정대로 오해를 살까 걱정하고 있답니다. 조선의 엄격한 입국 규정을 무사히 통과할 수 있도록 배려해 주신다면 더할 나위 없이 감사하겠습니다. 당신은 대한제국 해관의 주요 책임자시니 이 어려운 일을 능숙히 처리해 주시리라 믿어 의심치 않아요.
 추신: 제 친구들이 당신을 배에 태워 서울 가까이로 오고 싶

어 해요. 그들과 작지만 즐거운 소풍이 되기를 바라며….

옌타이에서 온 '사냥꾼'들에게 알리바이를 만들어 주려고 소녀가 장황하게 설명을 늘어놨다. 편지지를 봉투에 넣지 않고 보낸 것도 하기와라에게 내용을 훔쳐보라고 속삭이는 것이나 다름없었다.

조만간 황제가 궁궐에서 사라지면 일본의 탐욕스러운 승냥이[66]는 그제야 이 편지에 적힌 '호랑이 사냥'의 진짜 의미를 깨닫고 우리를 뒤쫓기 시작하겠지. 우리가 머나먼 상하이 땅에 신나게 발을 디딜 즈음에야 일본인들은 소녀의 계획에 놀아났다는 사실에 몸을 떨 것이고. 나는 이 편지의 내용을 곧이곧대로 믿고 있을 하기와라를 비웃었다.

나는 소녀의 부탁대로 제물포로 향했다. 밤늦게 날렵하고 세련된 외형의 증기선 한 척이 물결을 가르며 항구로 다가왔다. 조심스럽게 배 위로 올라가자 금발의 프랑스인 몽시 레이너드가 환한 미소로 나를 맞이했다. 그는 이번 모험의 작전명이자, 황제를 태울 이 배를 상징하는 '상하이 특급'의 선장이었다. 배 안에는 이번 작전을 도울 프랑스인 두 명과 중국인 다섯 명도 함께 있었다.[67]

나는 선장에게 소녀의 자필 편지를 건넸다. 레이너드와 나는

---

66 하기와라 슈이치.
67 실제로 러시아가 중국에 설치한 상하이 정보국에서는 러시아뿐 아니라 유럽 각국 출신 요원들이 함께 활동했다.

만에 하나 우리의 동선이 일본인들의 감시망에 포착될 수도 있음을 염려해 편지에 적힌 사냥 여행의 속뜻까지는 소통하지 않으려 애썼다. 앞으로 우리가 무엇을 해야 하는지 이심전심으로 알고 있었으니까.

다음 날 나는 이 증기선의 도선사 역할을 맡아 조선의 심장부인 서울에 최대한 가까이 배를 인도했다. 오랫동안 한강의 모래톱을 누비며 도요새를 사냥했기에 이 강의 지리와 물길에 대해 누구보다도 잘 알고 있었다.

배가 서울 성벽과 양주[68] 사이 한적한 강가에 닻을 내렸다. 굽이쳐 흐르는 강물의 지형 덕분에 자연스럽게 시야가 가려졌다. 북문과 10㎞ 정도밖에 떨어지지 않아 황제가 탈출하기에도 적당한 거리였다. 프랑스인 지휘관은 주변을 주의 깊게 살피더니 "도요새를 사냥하기에 더할 나위 없이 좋은 장소"라며 엄지손가락을 치켜세웠다. 조선의 황제를 배에 태워 상하이로 탈출하기 위한 최적의 위치라는 뜻이겠지. 나는 그의 능숙한 연기에 고개를 끄덕이며 "며칠 내로 다시 오겠다"고 약속한 뒤 서울로 돌아왔다.

다만 배에서 내리기 직전 레이너드의 얼굴에 스치던 의미를 알 수 없는 웃음이 내 마음 한구석에 불안감을 남겼다. 혹시라도 미신에 심취했다고 소문난 조선의 황제가 우리가 상상조차 할

---

68 소설 원본에는 'angjou'로 표기돼 있는데 이는 'yangjou'의 오기로 보인다. 여기서 말하는 양주는 과거 경기도 양주군에 속해 있던 곳으로 지금의 서울 광진·성동 지역을 말하는 것으로 보인다. 이 지역에는 광진과 뚝도진 등이 있었다.

수 없는 이유로 이 위험천만한 탈출 계획을 포기하는 건 아닐까 하는 불길한 예감 때문은 아니었을까.

그날 밤 나는 베델과 함께 민영환 대감의 저택으로 향했다. 황제를 안전하게 망명시킬 배가 경운궁 근처에 정박하고 있다는 소식에 민 대감은 누구보다 벅찬 감격에 휩싸였다. 혹시라도 누군가 우리의 대화를 엿들을까 그는 창문을 열어 바깥을 재차 확인한 뒤 지난 며칠 동안 궁궐에서 벌어졌던 숨 막히는 이야기를 쏟아냈다.

"황제 폐하께서 조선을 떠나실 결심을 굳히셨소. 제가 처음 이 계획을 말씀드렸을 때만 해도 폐하께서는 '상하이로 가는 길에 일본군에게 붙잡히기라도 하면 그들이 내 심장을 도려내지 않겠느냐'며 불안감을 호소하셨소. 그러나 미국인 여성 화가가 섬세한 현악기를 연주하듯 부드럽고 차분한 어조로 황제의 불안한 마음을 끊임없이 달래고 설득한 끝에 어렵사리 최종 승낙을 받아낼 수 있었소."

민 대감이 벅찬 감격에 잠시 숨을 고른 뒤 놀라움과 안도감이 뒤섞인 목소리로 말을 이었다.

"신기하게도 하기와라가 며칠 동안 그림 그리는 자리에 나오지 않았소. 이 현명한 여인은 천우신조의 기회를 놓치지 않고 황제에게 이토 히로부미가 은밀하게 꾸미는 조선 강탈 음모의 논리적인 허점을 조목조목 설명했소. 조선이 외교권을 빼앗기면 한반도 전체가 조선인들의 붉은 피로 물들 것이고 남은 백성들도 일본의 노예로 전락하게 될 것임을 여러 차례 강조했소. 얼마 전 궁궐의 무당 두 명이 황제께서 손대지 않은 사슴 고기를 먹고 쓰러진 사건까지 언급하니 더욱 분노에 휩싸이셨고. 언제 사라질지 모르는 불안한 옥좌에 앉아 하루하루를 위태롭게 보내느니 차라리 외국으로 건너가다 잡혀서 죽는 편이 낫다고 결론내리신 것이오."

베델과 내가 기쁨을 감추지 못하자 민 대감은 감격스러운 눈빛으로 우리의 얼굴을 살피며 중얼거렸다.

"그녀는 참으로 대담한 여인이었소. 폐하와 나, 그리고 화가까지 셋이 함께 마주 앉아 조선 독립의 간절한 희망을 이야기하던 그 짧은 순간은 이 나라 수백 년의 찬란한 황금기와도 맞바꿀 수 없는 귀중한 시간이었소. 다만 두 분도 아시듯 황제 폐하는 감정 기복이 매우 심하신 분이오. '하루라도 빨리 조선 땅을 떠나고 싶다'고 강한 의지로 말씀하시다가도 '일본인들이 내 가족을 해칠까 두렵다'고 고통을 토로하시기도 합니다."

민 대감은 희망과 절망이 뒤섞인 복잡한 표정으로 늙은 군주의 불안정한 모습을 실감 나게 연기해 보였다.

"한번은 군주께서 '궁궐의 점쟁이들을 은밀히 만나 언제 망명을 떠나는 것이 가장 길한지 점을 쳐 보겠다'고 고집하셨소. 나는 '이 중요한 계획이 밖으로 새 나갈 수 있다'고 간곡히 말렸지만 황제께서는 '내가 오랫동안 알고 지내 믿을 만한 이들이니 염려하지 말라'고 자신하셨소. 인간의 선악을 주관하는 신들의 동의를 구하지 않으면 중대한 국가 대사를 판단할 수 없다면서 말이오. 그때 화가가 강하게 항의했소. '폐하께서는 이 나라의 주인이 아니십니까? 왜 국가의 존망이 걸린 일을 일개 무당들과 상의하려 하십니까? 제가 정성껏 초상화를 그리는 군주는 자신의 고유한 권한조차 독립적으로 행사하지 못해 갈팡질팡하는 분이 아니라고 믿고 싶습니다'라고요. 그러자 황제께서 깊은 한숨을 내쉬더니 자신의 머리를 감싸 쥐며 '나는 정말 바보다'라고 자책하셨소."

민 대감이 모든 진실을 숨김없이 전해주고자 애쓰고 있었다. 베델은 자신이 오랫동안 심혈을 기울여 구상한 황제 망명의 세부 계획을 제안했다.

"황제 폐하께 '누구에게도 우리의 은밀한 계획을 발설해서는 안 된다'고 다시 한번 전해주십시오. 신속하고 안전한 탈출을 위해 세자[69] 저하도 궁궐에 두고 나오셔야 합니다. 민 대감은 폐하를 평범한 무당 차림으로 변장시켜서 비밀 통로로 궁을 빠져나와 북문[70] 바깥으로 오시면 됩니다. 그곳은 평소 통행이 거의 없어 일본의 감시가 소홀하니 탈출의 최적지라 할 수 있죠. 빌리와 제가 거기서 기다리고 있다가 황제를 모시고 쾌속선이 기다리는 강가로 달려가겠습니다. 배의 정확한 위치는 빌리만 알고 있습니다."

베델의 빈틈없는 계획을 들은 민 대감이 결의가 담긴 목소리로 힘차게 답했다.

"참으로 훌륭한 생각이오! 내가 미리 북문 인근에 당신들이

---

69 순종(1874~1926).
70 한양도성의 사대문 가운데 하나로 숙정문으로도 불렸다.

탈 말을 준비해 두겠소. 당신들이 황제 폐하를 배 있는 곳까지 안전하게 인도할 호위대가 되어주시오. 당신들이 함께 한다면 일본인들을 두려워하시는 황제께서도 마음을 놓으실 수 있을 것이오. 우리 모두 각자 임무를 준비하면서 조선의 역사를 바꿀 여인이 내릴 '마지막 지시'를 숨죽여 기다립시다."

07. 서울로 찾아온 이토 히로부미

며칠이 더 지났다. 일왕[71]의 생일에 맞춰 이토 히로부미 후작이 서울 땅을 밟았다.[72] 피도 눈물도 없는 냉혹한 권력자가 모습을 드러내자 오랫동안 한반도를 뒤덮은 먹구름이 두 갈래로 찢어지며 차가운 빗줄기로 쏟아졌다. 순식간에 음산한 기운이 한반도 전체로 퍼졌다.

이토는 자신의 명성과 달리 먹잇감을 노리는 맹수처럼 조용히 서울로 입성했다. 번쩍이는 총검을 든 일본 군대가 그를 동양의 비스마르크[73]처럼 호위하며 서울역 주변을 행진할 때까지도 조선인 누구도 일본의 지배자가 이 땅에 발을 디뎠다는 사실을 눈치채지 못했다.

이토가 이날 서울로 온 것은 일본 정부의 조선 병합 자신감을 노골적으로 드러내려는 의도가 다분했다. 그들이 가장 고귀하게 여기는 인간의 탄생을 기념하고자 조선 땅에 자리한 모든 일본 건물에 일장기를 건 날, 한반도라는 제물을 접수할 냉혹한 대제사장이 발을 들인 것이다.

---

71 메이지 천황.
72 메이지 천황의 생일은 11월 3일이었고 이토 히로부미가 을사늑약 체결을 압박하고자 입국한 날은 1905년 11월 9일이다. 실제 역사에서 이토는 일왕 생일이 지난 뒤 조선으로 왔지만 원작자는 소설의 재미를 위해 이토의 입국일을 일왕의 생일로 맞췄다.
73 독일 통일을 이끈 프로이센의 재상 오토 폰 비스마르크(1815~1898).

이런 사실이 가엾은 황제에게 '지금 당장 궁에서 탈출하라'고 부추겨 우리의 품으로 달려오게 할지, 아니면 그를 극도의 공포로 몰아넣어 도망칠 용기조차 잃게 만들지 궁금하던 때였다. 미국 공사관의 경호하사가 호텔로 나를 찾아왔다. 소녀가 급하게 보낸 쪽지를 건네기 위해서였다.

"우리가 그토록 기다려 온 일왕의 성대한 생일 연회가 오늘 열리는군요. 그런데 말이죠. 우리가 아는 그 '친구'가 극심한 두려움에 사로잡혀 어쩔 줄 몰라 하고 있답니다. 적절한 '처방'이 없으면 회복이 쉽지 않아 보이는군요. 베델 씨에게 그 친구를 직접 만나 대화를 나누면 좋겠다고 대신 전해 주시겠어요? 당신과는 오늘 오후 일본 공사관에서 열리는 정원 파티에서 뵐 수 있으면 좋겠네요."

조선 황제 탈출의 '그날'을 오늘로 잡았다는 청신호였다. 거사를 앞두고 황제가 심리적으로 갈피를 못 잡고 있다는 적신호이기도 했고. 나는 대한제국 해관 책임자 자격으로 이날 연회에 초대받은 상태였다. 베델에게 쪽지를 전하고 일본 공사관으로 발걸음을 옮겼다.

오래된 도시인 서울에서 그토록 화려하고 성대한 행사는 처음이었다. 일본인들의 뛰어난 예술적 감각은 자연을 아름답게 꾸미는 데 탁월한 재능을 발휘했다. 공사관 건물의 넓은 마당은 일본의 그림 같은 도시 닛코[74]의 한 공원을 그대로 옮겨놓은 듯

---

74 일본 혼슈 도치기현의 도시로 도쿄에서 북쪽으로 140km 떨어져 있다. 일본의 대표적 자연 관광지다.

했다.

거대한 일장기가 펄럭이는 연회장은 이국적인 소나무와 푸른 대나무, 불타는 듯한 단풍나무로 가득했다. 탑의 처마 끝마다 종들이 매달려 청아한 소리를 울렸다. 연꽃이 가득한 연못 위에 아름다운 다리가 놓여 있었다. 대낮에도 수백 개의 조명이 거미줄처럼 얽혀 연회장을 황금빛으로 물들였다.

각 나라를 대표하는 위엄 있는 외교관과 고위급 인사, 그들의 아름다운 부인들이 화려한 예복을 차려입고 등장했다. 이들 옆에서 하세가와[75]가 완벽한 군복 차림으로 환하게 웃고 있었다. 조선인의 운명이 자기의 손에 달려 있다고 여기는 것 같았다.

10분쯤 지났을까. 웅장한 풍채의 사내 하나가 다가와 인사를 나누기 시작했다. 누가 봐도 한눈에 띌 정도의 압도적인 존재감을 발산했다. 다른 일본인들보다 키가 훨씬 컸고 넓은 어깨 위로 우뚝 솟은 머리가 강렬하고 굳센 인상을 발산했다. 다만 그의 얼굴은 원시의 화강암을 부싯돌로 거칠게 쪼아놓은 듯 투박하기 그지없었다.

백발의 수염이 돌출된 턱을 가렸고, 살짝 벌어진 입술이 고집스러움을 말해줬다. 그의 압도적인 권력은 날카로운 눈빛에서 나오는 듯했다. 청동 가면을 쓴 검투사처럼 마음만 먹으면 자신의 모든 생각과 감정을 완벽하게 숨길 수 있어 보였다. 그의 넓은 이마에서 누구의 말도 순순히 따를 사람이 아님을 짐작할 수 있었다.

---

75 하세가와 요시미치.

그는 바로 일본에서 가장 영향력 있는 정치인 이토 히로부미였다. 일본 본토의 왕이 메이지라면 극동의 지배자는 이토였다.

나는 한참 순서를 기다려 조선을 접수하려는 대제사장과 인사를 나눈 뒤 조용히 소녀에게 다가갔다. 그녀는 일본인 고위 관료 무리의 중심에 서 있었다. 하기와라가 소녀의 팔꿈치 바로 옆에 서서 한순간도 떨어지지 않으려고 애썼다.

그녀는 돋보이는 젊음과 아름다운 미모, 재치 있는 농담, 즉각적인 상냥함, 언어적 무기로 일본인들을 휘어잡고 있었다. 조선을 위한 그녀의 헌신적인 노력이 가상해 보였다.

소녀의 곁을 그림자처럼 지키던 하기와라가 연회 음식을 가지러 자리를 비웠다. 나는 이때를 놓치지 않고 소녀에게 다가갔다.

"빌리!"

나를 본 소녀가 조바심이 가득 찬 목소리로 말을 꺼냈다.

"궁 안에 엄청난 위기가 닥쳤어요. 하기와라를 최대한 오래 붙잡아 둬야 할 것 같아요. 그놈이 이미 보고를 받았는지 파티가 끝나기도 전에 경운궁으로 돌아가려고 애쓰고 있어요."

이때 독일 공사관의 젊은 비서가 우리 쪽으로 다가왔다. 소녀는 나와의 대화를 끊고 그에게 인사하더니 짧은 풍자시를 읊으며 한동안 깔깔댔다. 독일 비서가 자리를 떠나자 내가 소녀에게 속삭이듯 물었다.

"황제에게 무슨 일이 생겼나요?"

소녀가 안타까운 표정으로 답했다.

"조금 전까지 궁에서 초상화를 그리다가 왔는데요. 황제가 공포에 질려서 어쩔 줄 모르고 계세요. '하늘이나 땅에서 분명한 계시를 받기 전까지는 절대 궁을 떠나지 않겠다'고 고집을 부리고 있어요. 민영환 대감이 '오늘이 아니면 더 좋은 기회는 없다'고 아무리 말해도 요지부동이더군요. 베델까지 비밀 통로로 들어와 황제 폐하를 달랬지만 소용이 없었어요. 이러다가 내일이라도 이토가 궁으로 쳐들어가 조선의 외교권을 가져가겠다고 선언하면 모든 것이 끝나는데. 저는 어떤 방법을 써서라도 하기와라가 이곳을 떠나지 못하게 만들게요. 베델과 민 대감이 황제 폐하를 설득할 시간을 벌 수 있도록요. 우리 모두 오늘 밤 '상하이 특급'에 무사히 탑승하리라 믿어요."

저 멀리서 하기와라가 음식을 가득 담은 접시를 들고 걸어오고 있었다. 소녀가 급하게 나를 떠나며 말했다.

"빌리, 이번 일을 무사히 마치면 다시는 서울로 돌아오지 마세요. 조선의 황제가 러시아로 떠나면 일본인들은 화가 나서 어둠 속에서 더 크고 위험한 일을 준비할 테니까요. 우리 가운데 그 누구도 축축하고 외로운 시체로 발견되지 않았으면 해요."

나는 연회장에서 몇 시간을 더 보낸 뒤 긴장감에 휩싸여 호텔로 돌아갔다. 궁으로 들어갔던 베델이 바에 혼자 앉아 있었다. 그는 평소 활기 넘치는 성격답게 나를 보자마자 흥분을 감추지 못했다. 단숨에 럼 한 잔을 들이켜더니 살짝 붉어진 얼굴로 말을 건넸다.

"우여곡절을 겪기는 했지만 어쨌든 일이 잘 마무리됐어!"

그가 신이 나서 말했다.

"마침내… 호랑이[76]가 우리의 품 안으로 들어왔어! 아까 자네가 준 소녀의 쪽지를 보고 곧바로 경운궁에 들어가서 황제에게 간곡히 작전 개시를 청했어. 내 얘기는 들은 척도 안 하더군. 그런데 한 시간쯤 뒤 점쟁이가 찾아가 귓속말을 전한 뒤로 태도가 180도 달라졌어. 목포에 있다는 14개의 혼령에게서 '오늘 밤 탈출하면 그 누구도 이를 막지 못한다'는 계시를 받았다는 거지. 그제야 황제가 홀가분한 마음으로 '상하이 특급'에 탑승하기로 마음을 굳혔어. 그때까지 점괘를 기다리고 있었던 거야. 참으로 안타까운 노릇이지만 어쨌든 그가 우리와 함께 배를 타기로 했으니 이젠 모든 게 완벽하게 준비됐어!"

그는 남은 술을 홀짝이며 말을 이었다.

"밤 11시 이후에 민 대감이 황제와 함께 북문 바깥 옛 황후의 여름 별장 터로 올 거야. 민 대감이 우리가 탈 말을 미리 묶어 두겠다고 했으니, 늦지 않게 약속 장소로 나가자고. 거기서 황제를 호위해 강가로 달려가서 배를 타고 중국으로 날아갑시다. 이토는 우리 세 명의 이방인 때문에 조선에 오자마자 지옥으로 떨어질 거야!"

나는 성공에 대한 확신으로 가득 찬 베델에게 이 작전이 끝나면 중국에서 무엇을 하고 싶은지 물었다. 조선의 마지막 용사인 베델이 내 질문을 기다렸다는 듯 즐거운 표정으로 답했다.

"일본이 고용한 자객이 우리 갈비뼈 사이로 날카로운 칼을 쑤

---

[76] 고종.

셔 넣지만 않는다면 우리는 황제와 함께 한강에서 증기선을 타고 조선을 무사히 빠져나가겠지. 그를 상하이의 러시아 공사관에 안전하게 인계하고 우리는 멋진 바에 앉아 신나는 음악을 들으며 무용담을 쏟아내고 있을 거야. 그동안 일본인들이 나를 얼마나 많이 속였는지 자네도 잘 알잖아. 이제는 일본인들이 나에게 된통 속아 처벌을 받을 시간이야. 그들이 분노에 떨 생각을 하면 생각만 해도 통쾌한 기분이 들어. 하하하!"

08. 마침내 조선 탈출 감행한 황제

 밤 10시가 다가왔다. 어둠의 장막이 칠흑처럼 드리워졌다. 이토의 공세를 눈앞에 둔 서울의 거리가 유난히 싸늘하고 적막하게 느껴졌다. 그림자조차 숨을 죽인 듯한 어둠 속에서 그 어떤 생기도 느껴지지 않았다.

 이날 경운궁은 현실 세계에서 벗어난 듯 유난히 아름다운 자태를 뽐내고 있었다. 검은 기와지붕 끝에 매달린 작은 청동 종과 끈질긴 생명력으로 지붕 위를 덮은 버섯들을 볼 수 없다고 생각하니 가슴 한구석에 허전함이 밀려왔다. 나도 모르게 이 도시에 정이 많이 들었다는 사실을 뒤늦게 깨달았다.
 어둠 속을 뚫고 북문에 도착했다. 인력거를 돌려보내고 활짝 열린 성문을 조심스레 걸어 나섰다. 칼날 같은 밤의 기운과 대조적으로 그곳을 지키는 조선 병사 둘은 군복의 끈조차 여미지 않은 채 누가 업어 가도 모를 만큼 깊이 잠들어 있었다. 평소에도 인적이 드문 문이었기에 경비가 더 허술했다. 소리 내지 않고 백여 미터를 걸어 나가니 불에 검게 그을린 폐가가 나타났다. 달빛 아래로 민 대감이 준비해 둔 세 필의 말이 모습을 드러냈다.
 심장이 요동치는 초조함 속에서 소녀와 황제, 민 대감이 나타나기를 기다렸다. 10분… 15분… 20분…. 유난히 시간이 더디게 흘러가는 듯 느껴졌다. 드디어 저 멀리 자갈을 짓밟으며 달려오는 날카로운 발소리가 들려왔다. 나는 재빨리 성벽 모서리에 몸을 숨기고 어둠 속에서 다가오는 형체의 정체를 추적했다. 홀로 검은 두건을 깊게 눌러쓰고 다가오는 이는 다름 아닌 소녀였다.

"빌리!"

밤의 정적을 뚫고 내 이름을 부르는 소녀의 목소리가 가느다랗게 떨리고 있었다. 나는 성벽의 그림자 속에서 한 발짝 앞으로 벗어나 그녀를 살폈다. 소녀가 쏜살같이 달려와 내 차가운 손을 감싸 쥐었다. 그녀가 숨을 몰아쉬며 다급하게 물었다.

"두 분이 함께 계셨네요. 정말 다행이에요. 그런데… 대체 이건 무슨 소리죠?"

귀를 기울여 들어보니 밤의 고요를 깨뜨리는 날카롭고 가느다란 나팔 소리가 퍼지고 있었다. 저 멀리 반대편에서도 다른 나팔 소리가 화답을 보냈다. 조선군은 아니었다. 나라의 곳간이 텅 비어 나팔조차 구입할 형편이 못 됐으니까. 그렇다면 저 음산한 울림은 남산 자락에 똬리를 틀고 앉은 일본군의 포효였다. 우리의 뇌리에 그 섬뜩한 깨달음이 스치자 소녀의 맞잡은 손이 사시나무처럼 흔들리기 시작했다.

"친구분들….”

소녀가 창백해진 얼굴에도 우리 앞에서 애써 침착하고 용감한 척하며 목소리를 가라앉혔다.

"일본인들이… 우리의 행방을 찾기 시작한 것 같아요. 이 깊은 밤에도 우리가 너무나 보고 싶은가 봐요."

순간 소녀의 말에 화답이라도 하듯 우리에게 빠른 속도로 거대한 말발굽 소리가 다가왔다. 혹시라도 일본군이 우릴 찾아낸 건 아닐까 하는 두려움에 휩싸일 찰나, 듬직하고도 익숙한 목소리가 울려 퍼졌다. 민영환 대감이었다.

"일본인들입니다. 일본인! 폐하께서 궁궐을 빠져나가신 사실을 알아챈 모양이오! 하기와라 이놈이 점쟁이를 겁박해서 폐하의 행방을 추궁한 게 분명하오. 아니면 거꾸로 빌어먹을 점쟁이가 제 발로 하기와라를 찾아가 폐하의 은밀한 계획을 발설했을 수도 있고."

더는 지체할 수 없었다. 우리는 소녀와 함께 빠르게 말 위로 올라탔다. 민 대감의 뒤로 얼굴을 하얀 천으로 칭칭 감은 인사가 말 위에 위태롭게 앉아 있었다. 굳이 누구인지 설명하지 않아도 알 수 있었다. 미라처럼 보이는 황제가 숨쉬기가 답답한 듯 쇳소리 섞인 신음을 흘리며 고통을 호소했다. 그는 말 위에서 몸을 제대로 가누기 힘들어서인지 입안에 뭔가를 문 것처럼 알아들을 수 없는 발음으로 조선말 단어들을 마구 쏟아냈다. 그때마다 민 대감은 극도로 공손한 경어를 사용하며 최대한 정중히 응대했다.

화가 난 황제를 진정시킨 민 대감이 숨을 고르며 우리에게 말했다.

"아시다시피 지금 제 옆에 계신 분은 황제 폐하십니다. 정말이지 온갖 어려움 끝에 간신히 설득해서 이곳까지 모셔 왔어요. 공포가 폐하의 정신을 혼미하게 만들고 있으니 어서 서둘러야 합니다!"

우리는 늦가을에 차가운 밤바람을 가르며 배가 서 있는 한강의 포구까지 맹렬한 속도로 내달렸다. 배의 정확한 위치를 알고 있는 내가 맨 앞에 나섰다. 그 뒤를 위태로운 모습의 황제가 따라붙었고, 그의 왼쪽과 오른쪽을 각각 베델과 민 대감이 호위했다. 소녀가 혹시 모를 추격에 대비해 후미를 받쳤다.

민 대감은 한쪽 어깨 밑에 커다란 나무 상자 하나를 끼고 있었다. 그것 때문에 일행 전체가 속도를 내는 데 어려움이 컸다. 아마도 황제의 귀중한 소지품이 담겨 있는 듯했다. 군주라는 존재는 나라를 빼앗길 위기에 처해 목숨을 걸고 타국으로 도망치는 절체절명의 순간에도, 자신의 존엄을 상징하는 물건을 끝까지 손에서 놓지 못하는 숙명을 타고난 것일까.

끊임없는 말발굽 소리가 밤의 침묵을 깨뜨렸다. 우리는 쉴 새 없이 포구를 향해 질주했다. 거친 땅바닥에서 끊임없이 전해지는 진동 때문에 몸이 심하게 흔들렸다. 그때마다 황제는 부모의 강압에 못 이겨 억지로 침대에 누워 잠을 청하는 어린아이처럼 끊임없이 불평과 애처로운 간청을 반복하며 하소연을 이어갔다.

그렇게 어둠 속을 한참 더 질주했다. 저 멀리 희미한 강물 위로 어렴풋하게 배의 윤곽이 드러날 때였다. 그런데 안도의 한숨을 내쉬기 전 믿을 수 없는 광경이 우리 눈앞에 펼쳐졌다. 여러 명의 병사가 먹구름처럼 증기선 주변으로 몰려드는 것이 아닌가!

우리는 망치로 머리를 얻어맞은 듯한 충격에 휩싸였다. 순식간에 열 명 남짓한 일본군이 험악한 표정으로 증기선 앞을 가로

막았다. 배의 정확한 위치는 나만 알고 있었는데, 도대체 이들은 우리가 여기로 온다는 걸 어떻게 알았을까. 뒤늦게 하나의 깨달음이 밀려왔다. 하기와라였다. 며칠 전 소녀가 그를 속이려고 일부러 전달한 쪽지의 내용을 믿지 않고 '상하이 특급'에 은밀히 감시자를 붙여 추적을 이어온 것이다. 일본인들은 우리의 생각보다 훨씬 더 영리하고 치밀했다.

일본군은 배의 선장인 프랑스인 몽시 레이너드에게 거칠게 고함치며 선실 안을 뒤지기 시작했다. 치외법권은 한낱 종잇조각에 불과한 듯했다. 불청객들의 갑작스러운 난동에 선장은 당혹감을 감추지 못하고 어찌할 바를 몰라 절망적인 표정으로 상황을 지켜만 보고 있었다.

무리 중에서 병사 서너 명이 우리 쪽으로 달려왔다. 그중 한 명이 딱딱하고 어눌한 영어 발음으로 우리를 매섭게 쏘아붙였다.

"조선의 황제는… 어디에… 있느냐?"

그의 손에 들린 강렬한 불빛이 매섭게 우리 주변을 훑었다. 놈들은 황제를 찾아내는 데 혈안이 돼 있었다. 황제만 찾아내면 우리 모두를 당장이라도 포박해 질질 끌고 갈 기세였다. 그런데 그들은 뭔가 이상하다는 듯 당황한 목소리로 상관에게 소리쳤다. 나는 일본어에 능통하지 않았지만 그들의 짧은 대화 내용 정도는 알아들을 수 있었다.

"여기 일행 중에 조선인은 보이지 않습니다! 오직… 서양인 두 명뿐입니다."

"그럴 리가 없어! 분명히 황제가 궁궐 밖으로 탈출했다고 연락을 받았단 말이야! 주변 어딘가에 숨어 있을 수 있으니 좀 더 꼼꼼하게 다시 살펴봐!"

그들은 꽤 오랜 시간을 들여 배 안팎과 우리 주변을 뒤졌다. 그러나 그토록 찾고 있던 황제는 어디에도 없었다. 일본군 지휘관은 어처구니없다는 표정을 지으며 혀를 찼다. 더는 외국인인 우리를 붙잡고 있을 명분이 없었다. 소녀는 기다렸다는 듯 능글맞은 표정으로 그들을 비꼬았다.

"서울은 외국인을 환영하는 방식이 꽤나 독특해요. 우리는 중국에서 온 친구들과 새벽 도요새 사냥을 하려고 모인 것뿐인데… 당신들 덕분에 더욱 즐겁고 유쾌한 시간이 되겠군요."

소녀와 나는 태연히 포구 주변에 말을 묶어 두고 아무렇지도 않게 증기선에 올라탔다. 곧바로 '상하이 특급'이 쏜살같이 물살을 가르며 한강 하류로 나아갔다. 일본군 지휘관은 자신의 시야에서 배가 완전히 사라질 때까지 망연자실한 눈으로 우리를 바라보고 있었다. 그들이 필사적으로 추적하던 조선의 황제가 그 자리에 없었으니까.

09. 조선의 운명 바꾼 황제의 고양이

 이게 도대체 어떻게 된 일이냐고? 함께 오던 황제와 민 대감, 그리고 베델은 어디로 갔냐고?

 우리가 필사적으로 말을 몰아 증기선을 향해 달려가던 중 극적인 사건이 터졌다. 너무나 갑작스럽고 전혀 예상치 못한 것이어서 나 역시도 몇 시간이 더 지나서야 그 혼란스러운 상황의 전말이 이해될 정도였다.

 어둠을 뚫고 숨 막히는 질주를 이어가던 우리 다섯 명의 거친 숨소리가 귓가를 울릴 때였다. 목적지인 강가까지 2㎞ 정도만 남았다. 낡은 농가 오두막 주변을 빠르게 스쳐 지나가자 갑자기 옆에서 개 짖는 소리가 시끄럽게 퍼졌다. 평소와 달리 늦은 밤에 말들이 빠르게 지나가는 모습에 놀랐기 때문이겠지.

 바로 그 순간이었다. 민 대감이 팔에 안고 있던 나무 상자가 격렬하게 꿈틀거리더니 순식간에 그의 손아귀를 벗어나 땅바닥으로 '쿵' 하고 떨어졌다. 뭔가 깨지는 소리와 함께 상자가 활짝 열렸고, 거기서 검은 고양이 한 마리가 밖으로 튀어나왔다. 황제가 그토록 애지중지하던 난향이었다. 망명길이라는 절체절명의 순간에도 궁에서 그토록 아끼던 작은 생명체를 꼭꼭 숨겨 데리고 온 것이다.

 상자에서 빠져나온 난향은 갑작스러운 해방감에 당황한 듯 온몸의 털을 곤두세우고 날카로운 비명을 질러댔다. 귀신이라도 본 것처럼 황제의 옷자락을 할퀴더니 섬뜩한 소리로 으르렁거리며 침까지 뱉어냈다. 그 소름 끼치는 울음소리는 지금 다시 떠올려도 온몸에 소름이 돋을 정도다.

하지만 그 뒤로 이어진 황제의 격렬한 분노에 비하면 고양이의 '하악질'은 그저 귀여운 소음에 불과했다. 이때부터 황제는 넋이 나간 사람처럼 격렬하게 악다구니를 썼고 옆에 있던 베델과 민 대감은 서로의 얼굴만 바라보며 어찌할 바를 몰라 난처한 표정을 짓고 있었다.

황제는 난향의 울음소리에 극한의 공포를 느낀 것 같았다. 평소 일본군이 궁 근처에 진을 치면 이 고양이가 귀신같이 그 징후를 알아채고 울어댔기에 그의 반응이 아주 터무니없는 것은 아니었다. 그런데 황제가 갑자기 두 손을 머리 위로 번쩍 들더니 숨이 넘어갈 듯 격렬하게 헐떡거리며 얼굴을 칭칭 감았던 붕대를 풀기 시작하는 것이 아닌가.

보다 못한 베델이 재빨리 손을 뻗어 난향의 목덜미를 움켜쥐고는 증기선이 있는 강가 쪽으로 말 머리를 돌렸다. '고양이를 데려갈 테니 탈출을 서두르자'는 신호였다. 그러나 황제는 이미 '상하이 특급' 탑승을 포기한 것 같았다. 베델에게 다가와 난향을 받아 품에 안더니 말 머리를 경운궁 쪽으로 돌려 버린 것이다. 우리가 지금까지 무슨 일을 한 거지… 그토록 위험을 감수하며 애써온 모든 노력이 물거품이 될 위기에 처했다.

민 대감이 황급히 말을 돌려 그의 앞을 가로막았다. 황제는 잠시 멈춰 서더니 당장 멱살이라도 잡을 듯 격렬한 몸짓으로 손가락질을 해대며 왕의 입에서 나올 수 없는 거친 단어들을 마구 쏟아냈다.

황제는 극도로 격앙된 듯 보였다. 조선 최고의 충신으로 친일파 대신들의 온갖 모욕을 참고 견디며 황제의 곁을 지킨 민 대감의 손길조차 매몰차게 뿌리쳤다. 당장이라도 일본군이 들이닥칠지 모르는 일촉즉발의 상황 속에서 소녀와 나, 베델은 이해할 수 없는 광경을 무기력하게 지켜볼 수밖에 없었다.

민 대감이 허탈한 표정으로 우리에게 다가왔다. 자신도 납득이 되지 않는다는 듯 고개를 절레절레 흔들더니 더듬거리는 말투로 말했다.

"고양이… 저 고양이 때문이라오. 황제 폐하께서는 난향이 저렇게 처절하게 울부짖는 것을 매우 불길한 징조로 여기고 계시오. 일본 놈들이 이미 우리의 탈출 계획을 눈치채고 추격해 왔으며, 고양이가 그 사실을 감지해 알려주고 있다고 굳게 믿고 계십니다. 그래서… 망명을 완전히 포기하시고 궁궐로 돌아가시겠다고 하는군요."

민 대감의 말이 끝나기도 전에 옆에 서 있던 소녀의 입에서 깊은 탄식이 터져 나왔다. 분노를 참지 못한 베델은 민 대감을 향해 격렬하게 소리쳤다.

"뭐라고요? 지금 그 황당한 말씀을 믿으라는 겁니까? 고작 고양이 울음소리 때문에 궁으로 돌아간다고요? 말도 안 됩니다! 방금 고양이가 미친 듯 날뛴 것은 갑자기 개가 짖어서 놀랐기 때문이라고요. 황제가 터무니없는 미신에 사로잡혀 엉뚱한 판단을 내리신 겁니다! 이제 조금만 더 가면 바로 배가 있는 곳이 나와요! 아주 조금만 더 가면 된다고요!"

민 대감은 어찌할 바를 모르겠다는 듯 황망한 표정을 지으며 황제를 달래고 있었다. 조선말을 잘 알지 못했기에 무슨 말인지 정확히는 알 수 없었다. 다만 그의 간절한 목소리와 다급한 몸짓을 통해 그가 황제에게 무언가를 간청하는 동시에 격렬하게 항의하고 있다는 사실 정도를 짐작할 수 있었다.

그러나 황제는 이미 흥분이 극에 달해 자신을 붙잡는 민 대감의 손길을 뿌리치며 놓아달라고 울부짖는 단계까지 와 있었다. 경운궁에 돌아가기로 마음을 굳힌 듯했다. 더는 자신을 괴롭히지 말라는 듯 자신의 목숨을 걸고 망명길을 주선한 우리를 매섭게 비난하는 것 같았다. 서양에서 건너왔다는 저 고양이 한 마리 때문에 자신과 조선을 구할 기회를 스스로 걷어차 버린 것이다.

그렇게 우리는 황제와 격렬한 실랑이를 벌이며 5분이라는 귀중한 시간을 속절없이 흘려보냈다. 그 무엇과도 바꿀 수 없는, 조선의 운명을 결정지을 수도 있었던 황금 같은 시간을. 황제는 그토록 아끼는 고양이 때문에 자신의 왕국이 역사 속에서 사라져 버려도 괜찮다고 마음먹은 것 같았다. 멀리서 들려오던 일본군의 날카로운 나팔 소리가 점점 더 크게, 더욱 위협적으로 다가오고 있었다.

베델이 다급한 목소리로 입을 열었다.

"저 고집불통 늙은이가 좋든 싫든, 우리는 반드시 배가 있는 곳으로 가야 합니다! 지금 우리가 황제 한 사람을 살리려고 이 모험을 하는 겁니까? 한반도가 저 악랄한 이토 히로부미의 손아귀에 넘어가면 일본은 조선인들을 짐승 다루듯 유린할 겁니다! 이런 끔찍한 비극을 막으려면 우리가 강제로라도 황제를 끌고 가야 한다고요!"

성질 급한 베델이 황제를 강제로 자신의 말에 태우려고 거친 손을 뻗었다. 그 순간 민 대감이 허리춤에 차고 있던 날카로운 칼을 뽑아 들었다. 그의 목소리는 낮고 차분했지만 섬뜩한 위협이 서려 있었다.

"그만하시오! 당신이 우리 군주의 몸에 손을 대는 순간 나는 당신을 벨 수밖에 없소이다! 안타깝지만 기다리시오. 내가 다시 한번 폐하를 설득해 보겠소."

베델의 얼굴에 실망감이 역력했다. 민 대감이 간절한 목소리로 황제에 대화를 청했지만, 완고한 그의 마음은 꿈쩍도 하지 않았다. 소녀가 조용히 말을 움직여 내 옆으로 다가왔다. 나는 어둠 속에서 떨리는 그녀의 손을 잡고 조심스레 어깨를 감싸안았다. 그녀가 내 어깨에 힘없이 머리를 기대고 소리조차 내지 못한 채 흐느꼈다. 세상에 어떤 희망도 남아 있지 않다고 믿는 사람 같았다. 소녀의 몸이 점점 더 격렬하게 떨려왔다.

민 대감이 심란한 표정으로 모험의 종료를 선언했다.

"정말로 안타깝지만… 모든 것이 끝났소. 나 역시 지금 이 상황이 도저히 이해되지 않지만, 어쨌든 나는 황제의 신하이니 서울로 돌아가시겠다는 폐하의 뜻을 더는 거스를 수 없소."

1분가량 무거운 침묵이 우리를 짓눌렀다. 좀처럼 흥분을 참지 못하기로 유명한 베델이지만 이때만큼은 이상하리만치 차분하게 상황을 받아들였다. 곧바로 냉정한 목소리로 입을 열었다.

"알겠습니다. 그러면 우리도 같이 서울로 돌아갑시다. 일본군에게 붙잡혀서 사형을 당하든 운 좋게 조선 밖으로 추방을 당하든… 어떻게든 되겠죠."

그의 체념 섞인 푸념에 소녀가 격렬하게 항의하듯 소리쳤다.

"아니요! 저는 상하이로 갈 거예요! 일본군이 무서워서 도망치는 게 아닙니다. 역겹고 더러운 하기와라의 면상을 다시 보고 싶지 않아서죠. 그와 다시 마주하느니 차라리 죽어 버리겠어요!"

나는 소녀의 절규에 크게 놀랐다. 나도 모르게 입을 열었다.

"그런데 당신은… 배가 정확히 어디에 정박해 있는지도 모르잖아요. 한밤중에 여성 혼자서 가기에는 너무 멀고 위험한 거리예요."

소녀가 떨리는 손으로 눈물을 닦아내며 말했다.

"괜찮아요. 어떻게든 저 혼자 해내겠습니다. 그동안 정말 고마웠어요."

날카로운 칼날이 뇌수를 헤집듯 내 머릿속에서 거친 소용돌이가 일어났다. 심장도 맹렬한 북소리를 내며 엄청난 속도로 쿵쾅거렸다. 사랑스러운 소녀의 눈망울과 오랜 세월 함께 울고 웃던 베델의 미소가 동시에 머릿속을 스쳤다. 운명의 여신이 두 사람 가운데 한 명만 선택하라며 옷소매를 잡아당기고 있었다.

나는 영원히 후회할지도 모를 선택을 해야 했다. 어렵게 마음의 결정을 굳힌 뒤 말에서 내려 조심스럽게 베델 쪽으로 다가갔다. 그의 귓가에 나지막한 목소리로 사과의 뜻을 전했다.

"이보게, 친구. 부디 나를 이해해 주길 바라네. 상하이로 향하려는 나를 비겁하다고 생각하지 않았으면 해."

베델은 내가 무슨 말을 하려는지 짐작했다는 듯, 슬프지만 따뜻한 미소를 지으며 고개를 끄덕였다.

"오! 물론이지, 나의 오랜 친구."

베델은 내 손을 굳게 움켜쥐며 아쉽지만 홀가분하다는 표정을 지으며 속삭였다.

"갈 곳을 잃은 아름다운 여인에게는 자네처럼 젊고 예의 바른 '젠틀맨'이 필요해. 지금 자네가 할 수 있는 최선의 행동은 이 여인의 곁에서 안전하게 지켜주는 거야. 내가 전에 말했지? 언젠가 우리는 상하이의 멋진 바에서 만나 신나는 음악을 들으며 오늘 일을 즐겁게 웃으며 이야기할 날이 올 거라고. 자네에게 신의 가호가 있기를… 자 어서들 떠나시게."

소녀가 떨리는 손으로 베델과 민 대감의 손을 잡은 뒤 뜨거운 눈물로 인사를 건넸다. 빨리 궁궐로 데려다 달라며 칭얼거리는 황제는 애써 무시했다. 소녀와 나는 잠시 말 위에 앉아 세 사람이 어둠이 짙게 드리운 서울로 돌아가는 뒷모습을 지켜봤다. 그들은 그렇게 컴컴한 조선의 운명 속으로 발걸음을 돌렸다.

우리는 운명의 갈림길에서 두 편으로 나뉘어 각자의 길로 향했다. 한강 쪽으로 말을 돌린 나와 소녀는 얼마 지나지 않아 그토록 피하고 싶던 일본군과 마주쳤고 한동안 실랑이를 벌였다.

우여곡절 끝에 일본군을 따돌린 뒤 서둘러 배에 올라 상하이로 향했다.

자정이 훨씬 지난 듯했다. 아무 불빛도 없는 강물을 가르며 증기선이 빠르게 황해로 미끄러졌다. 배 안에서 소녀는 내 옆자리에 앉아 내내 흐느꼈다. 나는 작은 격려와 동료애를 표현하고자 떨리는 손으로 소녀의 팔을 끌어당겨 안아주었다. 소녀는 조선 땅을 떠나는 순간까지 내 품 안에서 서럽게 울다가 슬픔에 찬 눈으로 나를 바라봤다. 나는 그녀의 깊은 눈 속을 마주 보며 진심을 담아 속삭였다.

"안타깝게도 이번 모험은 실패했지만 그래도 당신과 함께할 수 있어서 정말 행복했어요. 우리의 인연이 여기서 끝나지 않았으면 해요."

소녀는 흐느끼던 울음을 뚝 그쳤다. 그러고는 내 품에서 힘없이 몸을 떼더니 이성을 잃은 사람처럼 기괴하게 웃기 시작했다.

"깔깔깔깔깔깔… 우리가 고양이 한 마리 때문에 일본과의 게임을 포기하다니! 그깟 고양이 때문에 500년 역사의 위대한 왕국이 망하게 내버려둬야 한다니! 낄낄낄낄낄낄."

소녀는 황제가 고양이만 데려오지 않았어도 '상하이 특급' 작전을 성공적으로 완수해 조선의 암울한 정세를 뒤바꿀 수 있었다고 믿었다. 황제가 난향의 '하악질'에 냉정하게 대처하기만 했어도 조선 탈출은 충분히 가능했다고 판단했다. 그래서 소녀는 황제의 행동에 더 크게 분노했다.

10. 첫 번째 모험을 마치며

    그렇게 베델과 나, 강렬한 눈빛의 소녀가 함께 한 첫 번째 모험이 막을 내렸다. 조선을 구할 희망이던 황제를 빼내 일제의 검은 음모를 저지하려던 우리의 시도는 실패로 돌아갔다.

    소녀와 나는 무사히 상하이에 도착했다. 그녀는 이번 일로 마음의 상처가 상당했지만 이내 감정을 추스르고 대일 첩보원 생활을 이어가기로 했다. 나는 소녀와 다시 만날 것을 기약하고 일단 뉴욕으로 돌아갔다.

    그 뒤로 조선은 어떻게 됐을까. 베델과 민 대감이 황제와 함께 궁궐로 돌아간 지 2주쯤 지난 1905년 11월 17일, 하세가와가 무력을 동원해 경운궁을 겹겹이 포위했다. 야망의 화신인 이토 히로부미가 궁 안으로 들어가 황제에게 "이제부터 조선은 일본의 보호를 받아야 한다"고 소리쳤다. 조선 조정은 일본에 외교권을 넘기는 치욕적인 조약[77]에 서명해야 했다.

    조약문에 떨어진 황제의 핏빛 눈물이 채 마르기도 전, 민 대감은 자신의 집에서 싸늘한 주검으로 발견됐다. 언론을 통해 보도된 '공식적인' 사인은 자살이었다. 하지만 조선을 누구보다도 사랑한 그가 이런 일로 분을 참지 못해 생을 마감했다고 보기에는 미심쩍은 것들이 한두 가지가 아니었다. 그날의 진실을 과연 누가 알 수 있을까.

---

77 을사늑약.

황제가 아끼던 난향도 이때부터 감쪽같이 자취를 감췄다. 그 기묘한 울음소리를 혐오하던 하기와라가 혼란한 틈을 타 몰래 처리했다는 소문이 돌았지만, 이 역시 진실은 영원히 미궁 속으로 빠져버렸다.

내가 뉴욕에서 휴식의 시간을 보내던 어느 날, 조선에서 편지 한 통이 도착했다. 오랜 벗 베델이었다. 그는 민 대감을 그림자처럼 지키던 시종이자 베델과 은밀히 소통하던 조선인 친구에게 들었다는 이야기를 적어 보냈다.

황제가 그토록 애지중지하던 난향이 단순한 반려묘가 아니었다는 내용이었다. 녀석은 유럽 어느 왕실에서 고양이 특유의 후각과 청각을 이용해 화약 냄새나 칼 부딪히는 소리 같은 전투의 전조에 예민하게 반응하도록 훈련받았다고 한다. 민 대감이 언제 닥칠지 모르는 일본군의 살해 위협에서 황제를 구하고자 특별한 능력을 지닌 동물을 황제의 곁에 붙여준 것이었다.

난향이 얼마나 정교하게 훈련받았는지는 알 길이 없다. 다만 그 이야기를 듣고 난 뒤 황제가 목숨을 건 조선 탈출의 순간에도 왜 그 작은 고양이를 품에서 놓지 않았는지 조금은 이해할 수 있었다.

이 글을 쓰는 순간에도, 자신의 품에 사랑하는 고양이를 안고 쓸쓸히 어둠의 도시로 돌아가던 황제의 뒷모습이 어른거린다. 난향이 정말로 일본군의 은밀한 접근을 귀신같이 눈치채고 온 힘을 다해 황제에게 위험을 경고한 것일까. 아니면 극도의 불안감에 휩싸인 황제가 고양이의 울음소리를 핑계 삼아 조국 독립이라는 숭고한 대의를 접은 것일까. 이 역시 나에게는 영원히 풀리지 않을 수수께끼로 남을 것 같다.

무엇보다 내 마음을 아프게 한 이는 오랜 벗 베델이다. 일본은 '상하이 특급' 사건 뒤로 동맹국이던 영국에 지속적으로 압력을 가했고, 결국 베델은 재판정에 서야 했다. 영국의 동맹국이 지배하는 나라에서 반역을 선동했다는 혐의로. 그는 불의한 법정에서 유죄 판결을 받고 상하이에 있는 영국 감옥에서 1년이라는 세월을 보내야 했다.[78]

하지만 베델은 이런 일로 좌절할 부류의 인간이 아니었다. 우리의 모험도 여기서 끝난 게 아니었고. 조선을 일으켜 세울 또 한 번의 작전이 우리를 기다리고 있었다.

---

78 실제 역사에서 베델은 1908년 6월 서울 주재 영국 총영사관에서 재판을 받고 3주간 금고형(6개월 근신 포함) 선고를 받았다. 당시 조선에는 영국인을 구금할 시설이 없어서 베델은 중국 상하이에 있던 영사관 내 감옥으로 보내졌다. 당시 인천과 상하이 간 정기적인 배편도 없었기에 베델 한 사람을 호송하고자 영국 군함 '클리오'가 인천으로 들어오는 진풍경이 벌어졌다. 이런 내용은 '베델 연구 일인자'인 정진석 한국외국어대 명예교수의 《네 건의 역사 드라마》(2022)에 자세히 소개돼 있다.

모닝 캄 프로젝트 #2
"헤이그의 보석"

00. 망국의 운명 정해진 조선

한때는 명쾌하고 정곡을 찌르는 지혜로 가득했지만 지금은 '동네 괴짜'로 통하는 나, 빌리는 동북아시아의 작은 나라 조선이 위험에 처하자 조상들의 격언에 도전장을 내기로 마음먹었다.

그건 바로 "크게 덴 개는 불을 무서워한다"라는 말이다. 옛날 옛적 한 노인이 자기 집 화로에서 겪은 작은 비극을 아주 그럴싸한 교훈인 양 포장했고 세월이 흘러 진실처럼 가공됐다. 이는 "매를 아끼면 아이를 망친다"거나 "세 살 버릇 여든까지 간다"처럼 지금도 많은 이들이 즐겨 쓰는 표현이다.

그런데 나는 이런 사기꾼들의 위선적인 생각들을 비웃는다. 개도 개 나름이고 불도 불 나름이니까.

내가 사는 뉴욕 브루클린에 '해피Happy'라는 이름의 셰퍼드가 있다. 1년쯤 전 길거리를 질주하던 자동차에 부딪혀 눈과 다리를 다쳤다.

그런데 몇 달 뒤 다른 자동차가 또 한 번 해피 쪽으로 달려간 일이 있었다. 과연 그 녀석은 휘발유로 움직이는 괴물에 놀라 꽁무니를 빼며 달아났을까.

아니었다. 남은 3개의 다리와 한쪽 눈으로 그놈과 맞서겠다고 정면을 향해 빠르게 뛰어갔다. 정말 무모하지만 용감한 녀석이 아닐 수 없었다.

벤저민 프랭클린의 실용적 격언[79]과 담을 쌓고 살아가는 베델과 나 역시 그런 부류의 개들이다. 앞서 우리는 러일전쟁이 끝나고 '조선의 형제국'을 자처하며 온갖 약탈을 자행하던 일본이 저지른 불에 크게 데었다. 하지만 우리는 그들이 붙여놓은 불 속으로 다시 한번 뛰어들려고 한다. 물론 다칠 수도 있겠지. 하지만 괜찮아.[80] 우리는 무모하지만 행복한(happy) 개니까. 일본의 악행을 보고만 있을 수는 없으니까.

오랜 세월 쌓아 올린 선조들의 지혜를 무시하는 건 분명 어리석은 일이다. 오직 우리처럼 생각이 짧고 혈기 왕성한 청년들만 이런 짓을 한다. 베델과 나는 언제 터질지 모를 일촉즉발의 폭탄에 성냥을 갖다 대려는 바보들이었다. 가진 능력은 따져보지도 않고 우리와 아무 관계도 없는 조선을 지키려고 뛰어든 바보들.

1905년 11월 일본의 조선 외교권 박탈 조약이 체결되기 직전 우리는 '상하이 특급'으로 명명된 첫 번째 모험[81]에 도전장을 던졌다. 일본인들 몰래 조선 황제를 쾌속선에 태워 상하이로 탈출하려고 한 것이다. 하지만 황제는 배에 타기 직전 고양이의 기묘

---

79 벤저민 프랭클린이 저서 《가난한 리처드의 연감(Poor Richard's Almanack)》을 통해 소개한 교훈적이고 실용적인 성격의 속담을 의미한다. 그는 단순하면서도 분명한 삶의 지혜를 담은 많은 격언들을 대중화했다. 검소함과 근면, 정직, 시간의 중요성 등 실용적 가치를 강조한다.
80 소설 속 화자인 빌리가 '불에 심하게 데었다'고 말하는 것은 전작인 〈상하이 특급〉에서 두 주인공 베델과 빌리가 조선 황제를 중국으로 망명시키려다 실패해 어려움을 겪은 것을 뜻한다.
81 고종의 해외 망명 시도는 러시아 기밀문서 해제로 최근에야 세상에 알려진 내용이다.

한 울음에 놀라 마음을 바꿨다. 결국 상하이의 러시아 피난처[82]에는 '소녀'와 나만 들어갈 수 있었다. 러시아의 거물급 정치인[83]이 야심 차게 준비한 비밀 임무는 그렇게 수포로 돌아갔다.

얼마 뒤 나는 뉴욕으로 돌아왔다. 이곳은 너무도 평화롭고 무료했다. 나의 120평방피트[84]짜리 작은 서재에서 경험하는 가장 큰 고통은 아래층 여자가 축음기로 '겨자가 너무 많아요[85]'를 너무 크게 틀어 신경이 거슬릴 때가 있다는 것 정도였다.

조선에서 〈코리아데일리뉴스〉를 발간해 일본을 비난해 온 베델은 '상하이 특급' 작전 실패로 더 큰 위협에 휩싸였다. 일본은 동맹국인 영국을 압박해 그에게 1년 형을 선고받게 했다. 하지만 그는 석방되자마자 용감하게 신문사로 돌아갔고 더 강하게 항일운동을 재개했다.

시간이 흐를수록 내 마음이 급해졌다. 내 오랜 벗 베델이 서울에서 일본인들에 맞서 외롭게 싸우고 있으니까. 그가 불구덩이 속에 혼자 뛰어들게 놔둘 수는 없었다.

흔히 보험업자들은 계약서 뒷면에 "신의 행위나 화재, 홍수, 적국의 도발에는 지불 의무가 없다"는 면책 조항을 끼워놓는다. '슬프고도 고요한 아침의 나라'에서 두 번째 불장난을 하려는 베

---

82 당시 러시아의 대일정보 수집조직인 상하이 정보국으로 추정된다.
83 주한 러시아 공사와 1904년 상하이 정보국 초대 수장을 지낸 알렉산드르 이바노비치 파블로프(1860~1923)로 추정된다.
84 약 11제곱미터(3.3평).
85 1911년 미국의 작곡가 세실 맥클린이 작곡한 경쾌하고 활기찬 피아노곡.

델과 나는 정상적인 보험 가입자가 될 수 없다는 사실을 잘 안다. 일본에 점령당한 조선에서 평지풍파를 일으키려고 마음먹은 놈들한테 기꺼이 보험금을 주겠다는 중개인은 없을 테니까.

그래도 말이야. 약자에 대한 측은함 때문일까. 아니면 정의에 대한 갈망 때문일까. '서울로 돌아가고 싶다'는 마음속 충동을 더는 억누를 수 없었다. 미쳤다고 생각할 수도 있지만 난 뉴욕에 정착한 지 1년이 안 돼 조선행을 결심했다. 베델과 다시 만나 신나는 일을 해 보고 싶어서였다. 일본인들이 '범죄 용의자'인 나를 어떻게 다룰지 궁금하기도 했고.

그렇게 나는 1906년 말 긴장과 설렘을 안고 제물포에 발을 디뎠다. 뜻밖에도 일본인들은 나에게 아무 조치도 취하지 않았다. 조선 황제의 대담한 탈출 작전에 내가 적극적으로 가담한 혐의를 찾지 못했나 보다.

아니야. 그들은 내 행적을 일부러 모른 척하고 있는 것일 수도 있다. 치외법권자인 나를 체포해 봐야 처벌이 쉽지 않을뿐더러 미국 정부가 보고만 있지 않을 것이라는 사실을 잘 아니까. 차라리 이름 없는 사무라이를 시켜 아무도 없을 때 내 등에 칼을 꽂는 편이 낫다고 여겼을 거야. 아마도 이게 더 정확한 판단이겠지.

어쨌든 나는 사냥꾼에 둘러싸인 사파리의 야생동물처럼 일본인들의 은밀한 감시 속에서도 나름 즐겁고 활기차게 생활했다. 코트 안에 베이징 골동품 시장에서 가져온 강철 망사 셔츠[86]를

---

86 쇄자갑. 사슬 갑옷.

덧대 입고 서울의 밤거리를 활보했다.

조선 황제를 은밀히 도피시키려던 '상하이 특급' 작전이 무위로 돌아간 지 2년이 돼 가던 1907년, 먼지로 뒤덮인 서울의 최고 지도자는 이토 히로부미[87] 통감이었다. 그는 1만여 병사의 총검으로 한반도를 철권통치 했다. 똬리를 튼 독사처럼 500년 역사의 조선 왕좌를 강하게 휘감았다.

불쌍한 황제는 경운궁에 갇혀 지냈다. 일본인들의 허락 없이는 궁 밖으로 나가는 것은 물론이고 재채기조차 마음대로 할 수 없는 신세였다. 세자[88]는 한 나라를 감당하기에는 너무도 나약했다. 일본인들의 감시를 피해 내전[89] 구석에서 바둑으로 소일하는 것을 유일한 낙으로 여겼다. 조선을 위해 고민이라는 걸 해 본 적이 없는 사람 같았다.

조정을 구하려던 충신들은 모두 쫓겨났다. 남은 대신들은 먹이를 쥔 사육사의 손만 바라보는 까마귀처럼 녹봉만 넉넉히 챙겨주면 일본인들에게 아무 불만도 토로하지 않았다. 그들의 명령을 거부할 힘과 용기도 없었고.

조선군은 탄약이 들어가지 않는 녹슨 소총과 약실도 없는 대포를 부여잡고 하나 마나 한 훈련으로 시간을 허비했다. 일본군은 대놓고 이들을 비웃었다.

안타깝지만 망국의 운명은 정해져 있었다. 일본은 마음만 먹

---

87 당시는 한국통감부 초대 통감.
88 순종(1874~1926).
89 왕비가 거처하던 곳.

으면 언제라도 황제를 끌어내리고 조선이라는 무대를 무너뜨릴 수 있었다.

01. 서울에 등장한 곱슬머리 중년 여인

 이제 나와 친구들의 두 번째 모험담을 풀어놓으려 한다. 1907년 6월부터 10월 사이, 세상의 눈길이 네덜란드 헤이그의 만국평화회의[90]로 쏠렸을 때 벌어진 이야기다.

 봄의 향연이 절정을 이루던 5월 하순의 어느 날이었다. 어렵사리 대한제국 해관으로 복귀해 업무를 시작한 지 반년이 지났다. 그날도 어김없이 바다 내음 감도는 인천 해관 업무를 마치고 제물포역에서 증기 기관차[91]에 몸을 실었다. 경인선 기차가 뿜어내는 매캐한 연기를 맡으며 남대문 정거장[92]에 들어설 때였다. 조심스럽게 기차역 플랫폼으로 내려서는 한 서양 여인의 뒷모습을 발견했다.

 '이렇게 불안하고 위험한 시기에 여성 혼자서 서울을 찾다니….'

 젠틀맨 정신이 고개를 들었다. 원래 내 목적지는 종점인 서대

---

90 만국평화회의 또는 헤이그 회담(Hague Conventions)은 네덜란드 헤이그에서 1899년과 1907년에 열린 국제 평화 회의다. 네덜란드는 17~18세기에 해양 진출이 활발해져 신흥 해양 강국으로 떠올랐고, 이 시기에 '국제법의 아버지'로 불리는 후고 그로티우스(1583~1645)를 배출한다. 이런 배경으로 러시아 차르 니콜라이 2세의 주도로 네덜란드 헤이그에서 만국평화회의가 열렸다. 제2차 회의는 1907년 6월 15일~10월 18일에 소집돼 44개국 대표가 네덜란드의 헤이그에서 회합, 군비 축소, 평화 유지 등을 협의했다.
91 1900년 개통된 경인선 철도.
92 현 서울역.

문 정거장이었지만, 왠지 모르게 위태로워 보이는 이방 여인을 도와야 한다는 책임감이 나를 흔들었다. 더는 망설이지 않고 막 출발한 기차에서 뛰어내렸다.

지게를 내려놓은 짐꾼들과 누런 이를 드러내며 웃는 인력거 꾼들이 서로 손님을 차지하려고 실랑이를 벌이고 있었다. 흙먼지 날리는 플랫폼 위로 그녀의 낡은 트렁크 가방과 여행 보따리가 보기 흉하게 나뒹굴었다. 그녀의 얼굴에서 인내심의 한계를 넘어선 듯 짜증스러움이 읽혔다.

나는 재빠르게 여인에게 달려가 일꾼들을 제지했다. 그녀가 눈을 돌려 나를 쳐다봤다. 오랫동안 생사를 알 수 없던 친구를 만난 듯 놀라움에 가득 찬 표정이었다. 이 낯선 땅에서 영어로 자유롭게 대화를 나눌 수 있는 사람을 만날 것으로 기대하지 못한 눈치였다.

그녀는 오랜 가뭄 끝에 단비를 만난 듯 너무도 반가운 표정으로 환하게 웃으며 나를 맞이했다. 그녀의 발음을 듣자마자 영국의 짙은 안개 속에서 건너왔음을 직감할 수 있었다. 콧소리가 섞인 듯하면서도 높은 톤으로 묘하게 갈라지는 억양이 오래전 멸종된 도도새[93]의 울음을 연상시켰다.

그녀의 은발 곱슬머리 사이로 검은 머리카락이 듬성듬성 뒤섞여 지저분한 회색빛을 발산했다. 웃을 때마다 두껍게 덧칠한 화장이 보기 흉하게 갈라졌다. 넓게 퍼진 입술에 짙은 붉은색 립

---

93 17세기에 멸종한 비둘기과의 날지 못하는 새. 역사 시대에 멸종한 동물의 상징으로 통한다

스틱이 여기저기 뭉쳐 있었다. 화려했던 젊은 시절의 아름다움을 하룻밤 사이에 잃어버린 비극적 여인의 슬픈 그림자가 어른거렸다.

다만 그녀의 깊고 신비로운 보라색 눈만큼은 갓 피어난 꽃잎처럼 맑고 투명하게 빛났다. 마지막 남은 청춘의 불꽃이 눈 속에 모여 타오르는 듯했다. 잘 다듬어진 자수정이 매혹적인 광채를 발산하듯, 그 여인의 보랏빛 눈에서도 오묘한 매력이 퍼졌다. 세월의 흔적이 역력한 나이였지만 눈빛 속에서 젊음의 뜨겁고 강렬한 기운이 솟아났다.

그러고 보니 전에도 이렇게 깊고 인상적인 눈을 가진 여인을 본 적이 있었다. 1905년의 쓸쓸한 늦가을[94] 상하이의 항구에서 작별 키스를 나눈 강렬한 눈빛의 소녀 말이다. 그녀는 지금쯤 어디서 무얼 하고 있을까.

나는 마음속으로 '도도새'라고 명명한 중년 여인을 다시 한번 꼼꼼히 살폈다. 낡은 커튼처럼 주름 장식이 잔뜩 달린 촌스러운 치마와 투박하게 만들어진 칙칙한 색깔의 남성용 코트, 뻣뻣한 바다오리 날개 깃털이 삐죽삐죽 꽂힌 스코틀랜드풍 모자를 쓰고 있었다. 그녀의 전체적인 모습은 오래된 그림책 속에서 튀어나온 듯한 영국인 전사의 어색한 조합 같았다.

나는 그녀가 젊은 시절 남자들과 담을 쌓고 아프리카 우간다에서 벌어진 소요 사태에 열정적으로 참여했거나, 남태평양 솔

---

94 전작 〈상하이 특급〉에서 을사늑약 체결 직전 베델과 빌리, 소녀가 조선을 구하려고 나선 에피소드가 일어난 시기.

로몬 제도에서 원주민들의 머리 크기를 꼼꼼히 측정하며 대영 제국의 보건 사업에 몰두했거나, 그것도 아니면 남아시아 네팔의 억압받는 여성들에게 페미니즘을 전파하는 데 헌신하지 않았을까 추측해 봤다. 사실 그런 열정을 가진 영국 여성들은 런던의 안락한 살롱보다는 아시아나 아프리카의 오지에서 더 쉽게 찾아볼 수 있으니까.

나는 40대 후반쯤으로 보이는 특이한 영국 여성에게 안내자 역할을 하겠다고 제안했다.

"네. 고맙습니다. 낯선 타지에서 이렇게 친절하게 대해 주시니 정말 감사드려요."

그녀가 묘하게 갈라진 목소리로 고마움을 표시했다.

"서울은 외국인을 환영하는 방식이 꽤나 독특해요. 삯꾼들이 제 짐을 서로 차지하려고 이렇게 격렬히 싸우는 걸 보니까요."

나는 어디선가 들어본 듯한 인사말을 흘려보낸 뒤 그녀가 플랫폼에서 안전하게 내려올 수 있도록 손을 내밀었다. 도도새가 내 손을 잡았다. 만약 그녀가 서툰 솜씨로 덧칠한 화장 뒤에 숨겨진 본연의 아름다움을 좀 더 자세히 드러냈다면, 그 손길은 나에게 매우 강렬한 전율로 다가왔을 것이다. 나를 보는 그녀의 푸른 눈에서 잠깐이지만 아이의 장난기가 스쳐 지나갔다.

나는 마음속에서 솟아나는 약간의 흥분을 감추고 사람들로 북적이는 남대문 정거장을 빠져나왔다. 도도새가 자신의 가방을 대신 들고 걸어가는 나에게 말을 걸었다.

"저에게 기꺼이 길 안내를 해주시는 걸 보니 서울 구석구석을 꿰뚫고 있군요. 그러면 이 도시에서 가장 좋은 호텔을 알려주실 수 있나요? 상하이에서 출발하기 전에 숙소를 미리 알아보고 온다는 것을 깜빡 잊어버렸거든요."

나는 그 질문을 기다려 왔다는 듯 준비된 답을 제공했다.

"서울에서는 선택의 여지가 많지 않습니다. 경인선 마지막 역인 서대문 정거장 바로 옆에 제 친구 루이가 운영하는 '애스터하우스'라는 작지만 아늑한 호텔[95]이 있어요. 거기가 아니면 일본인이 운영하는 호텔로 가셔야 하는데, 그곳들은 현지식으로 운영돼 외국인이 묵기에는 불편한 게 많아요. 마침 제가 루이의 호텔로 향하던 길인데 괜찮으시다면 같이 가실까요?"

"네, 좋아요. 그렇게 하죠."

그녀가 조금의 망설임도 없이 내 제안을 받아들였다. 나는 길가에 서 있던 인력거 세 대를 불렀다. 첫 번째 인력거에 여행 가방들을 가득 채운 뒤 인력거꾼에게 목적지를 알려주었다. 두 번째 인력거에 그녀를 태운 뒤 내가 마지막 인력거에 올라타 뒤를 따랐다. 인력거 세 대가 웅장하고 오래된 도시의 성벽을 따라 천천히 달려 나갔다.

호텔로 향하는 동안 앞으로 우리에게 어떤 상황이 펼쳐질지 머릿속으로 그려봤다. 1905년 10월 강렬한 눈빛의 소녀[96]가 애스터하우스 호텔의 문을 열자마자 반나절도 안 돼 그녀의 존재에 대한 소문이 온 도시로 퍼졌다. 결국 하기와라가 하수인을 보

---
95 현 서대문역 농협중앙회 건물터.
96 전작 〈상하이 특급〉에 등장하는 여성 첩보원.

내 그녀의 가방을 뒤지게 했고. 그만큼 서울은 온갖 종류의 소문이 빠르게 번지는 기묘하고도 위험한 도시였다.

깊고 푸른 보라색 눈을 가진 이 중년 여성은 멸망을 눈앞에 둔 위태로운 조선에서 무엇을 하려는 것일까. 그녀는 분명 갓 부임한 선교사는 아니었다. 그랬다면 호텔로 가기 전 정동 일대의 외국인 선교 단지부터 찾았을 테니까. 단순 관광객으로 보기도 어려웠다. 서울은 요리사를 겸한 일본인 가이드가 열 명 안팎 그룹을 이끌고 잠시 들렀다 나가는 도시니까. 도도새처럼 여자 혼자 겁 없이 찾아올 수 있는 곳이 아니었다. 도무지 그녀의 정체를 짐작할 수 없기에 궁금증이 더욱 커졌다.

내가 짐을 들고 호텔의 낡은 문을 밀자 주인인 루이가 익살스러운 표정으로 우리를 맞이했다. 그는 능숙한 솜씨로 숙박 등록부를 꺼내며 곁눈질로 나를 쳐다봤다. 그의 눈빛 속에 정체를 알 수 없는 미지의 여인을 데려온 것에 대한 호기심과 일본 경찰의 날카로운 감시를 자초했다는 불안감이 섞여 있었다.

그녀는 흥정에 익숙한 상인처럼 둔탁한 영국식 영어 발음으로 숙박비 협상을 시작했다. 이 호텔에 얼마나 오래 머물지 결정하지 못했다며 장기 투숙 여부는 이곳에서 얼마나 합리적인 가격으로 편안하고 만족스러운 서비스를 제공하느냐에 달려 있다고 강조했다.

"저는 오랫동안 전 세계를 돌며 다양한 숙소를 다녀 봤어요. 이 호텔이 제대로 값어치를 하는지는 하루만 묵어봐도 알 수 있죠."

루이는 프랑스인 특유의 과장된 몸짓과 능글맞은 표정을 짓더니 "상상할 수 있는 최고의 서비스로 불편함 없이 모시겠다"고 거듭 약속했다. 조선인 벨보이가 나에게서 짐을 받아 들더니 삐걱거리는 계단을 따라 2층 객실로 올라갔다. 그녀가 객실 문을 닫자 루이는 기다렸다는 듯 숙박 등록부를 펼쳐 들었다. 그녀가 뭐라고 적었는지 차근차근 훑어보기 위해서였다.

'이름: 데오도시아 툴링, 국적: 영국, 주소: 서미싯주 도싯마운트….'

새의 깃털로 장식된 스코틀랜드풍 모자를 쓰고 낡은 군용 재킷을 걸친 그녀가 휘갈겨 쓴 영어 필체는 남성의 그것처럼 힘이 넘쳤다. 서명 앞에 굳이 '미즈Ms.[97]'라고 적은 것만 봐도 그녀가 평범하고 순종적인 빅토리아 시대 여성이 아님을 짐작하게 했다. 루이는 실망스러운 표정으로 고개를 저으며 퉁명스럽게 중얼거렸다.

"오, 이런! 좋은 의미든 나쁜 의미든 앞으로 서울에서 주목받을 일이 많이 생길 것 같다는 예감이 들어."

도도새의 방에서 무언가를 이리저리 옮기며 달그락거리는 소리가 이어졌다. 30분쯤 뒤에는 "뜨거운 물을 가져다 달라"며 날카로운 외침도 들렸다. 나중에는 방에 비치된 세면도구들이 너무 형편없다고 큰 소리로 불만을 터뜨렸다.

그녀는 새 비누 조각을 들고 온 루이에게 이 호텔의 위생 상

---

[97] Ms.는 결혼 여부와 관계없이 여성을 지칭하는 표현으로 남녀평등 의지가 담겨 있다.

태에 문제가 많다고 연설을 늘어놨다. 사실 이건 서울이라는 도시에 워낙 흙먼지가 많아 생겨나는 문제이기도 했다. 자존심만큼은 세계 최고라고 자부하는 프랑스인 주인장은 그녀의 끊임없는 불평에 잔뜩 화가 났다.

급기야 이 도도새는 루이를 다시 한번 자신의 방으로 불러들이더니 뜬금없이 "남쪽의 항구 도시 목포에 있다는 작고 낡은 불상의 존재를 아느냐"고 물었단다. 유럽에서 온 작은 호텔의 지배인이 한 번도 가본 적 없는 도시의 유적까지 파악하고 있어야 할까.

사무실로 돌아온 루이는 "할 수만 있다면 당장이라도 저 여자를 쫓아내고 싶다"며 두 손으로 자신의 머리를 감싸 쥐었다.

그렇게 한 시간쯤 흘렀나. 그녀가 삐걱대는 나무 계단을 따라 아래층으로 내려와 식당으로 들어가려고 할 때였다. 조선의 실질적 지배자 이토 히로부미가 이끄는 악명 높은 통감부의 정보장교 하나가 호텔 안으로 들어왔다. 그의 손에 낡은 가죽 노트와 날카롭게 깎은 연필 한 자루가 들려 있었다. 나와 루이는 삐걱거리는 사무실 문틈으로 그들의 불편하고 어색한 만남을 숨죽여 엿보았다.

"실례합니다. 친절하신 부인, 존함을… 여쭤봐도… 되겠습니까?"

그가 특유의 콧소리 섞인 일본식 영어 발음으로 어눌하게 물었다. 바보처럼 보일 수 있지만 그가 구사할 수 있는 최고 수준의 공손함이 담겨 있었다.

"도대체 당신이 무슨 권리로 제 이름을 알려고 하는 거죠?"

도도새가 날카로운 부리로 먹이를 쪼아대듯 일본인 정보 장교를 퉁명스럽게 몰아붙였다. 그녀의 보라색 눈에서 노골적인 적개심이 쏟아졌다.

"그리고 나를 감히 '부인Mrs.'이라고 부르다니… 천박하고 무례하기 짝이 없군요! 다시는 그런 호칭으로 부르지 마세요!"

뜻밖의 강렬한 저항에 맞닥뜨린 일본인 장교는, 맹수를 앞에 둔 먹잇감처럼 잔뜩 움츠러들었다. 그의 굳어진 얼굴에서 당혹감과 공포가 스쳐 지나갔다.

"친절하신 부인, 정말 죄송합니다만… 이것은 저의 임무입니다. 조선 땅에 발을 디딘 모든 외국인은 예외 없이 이런 신원 확인 절차를 거쳐야 합니다."

그녀가 짜증과 체념이 뒤섞인 한숨을 내쉬었다.

"아… 부인이라고 하지 말라니까요. 정말 답답한 분이군요! 일단 알겠어요. 제 이름은 데오도시아 툴링이고 자랑스러운 영국 시민입니다. 도싯마운트라는 작고 아름다운 마을에서 왔고 제 외할머니 존함은…."

"죄송합니다만… 존귀한 부인의 성함 철자를… 한 글자씩 천천히 불러주시겠습니까?"

일본인 정보 장교는 그녀의 노골적인 불만 제기에도 놀랍도록 침착한 표정으로 정보를 요청했다. 다만 그의 손에 들린 몽당연필은 미세하게 떨리고 있었다.

"제 발음이 그렇게나 형편없게 들리시나요? 제 이름이 흔하지 않다는 것 정도는 잘 알고 있어요."

그녀의 분노는 조금도 수그러들지 않았다.

"제 성은 T-o-o-l-i-n-g, 툴링이고요! 저희 명예로운 가문의 문양은 용맹한 그리핀 램판트[98]랍니다."

"죄송합니다, 부인. 정확히 어디에서 오셨다고 말씀하셨는지… 다시 한번 여쭤봐도 되겠습니까?"

사무실 안에서 숨죽인 채 어처구니없는 광경을 지켜보던 나와 루이는, 서로를 껴안고 터져 나오는 웃음을 주체할 수 없었다. 그녀가 일본인 장교를 골탕 먹이려고 동문서답을 늘어놓으며 '아무 말 대잔치'를 하고 있어서다. 나중에 루이는 눈물까지 글썽였고 내 머리 위로 콧물까지 흘렸다. 불쌍한 일본인 정보 장교는 자신이 지금 얼마나 철저하게 조롱받고 있는지 눈치채지 못한 채 어리둥절한 표정만 짓고 있었다.

"저희 가문의 빛나는 역사를 전부 다 읊어 드려야 속이 시원하시겠어요? 아니면 그냥 잉글랜드 동부 지역으로 한정해서 말씀드릴까요?"

"부인, 어디에서 오셨기에… 그렇게 가족 이야기를 강조하시는 건가요?"

일본인 정보 장교는 서양인의 상식으로 이해할 수 없는 초인적 인내심을 발휘하며 끈질기게 질문을 이어갔다. 그의 이마에 식은땀이 송골송골 맺혔다.

"좋아요, 좋아요! 그럼 당신의 노트에 이렇게 적으세요. 저는

---

98 독수리의 머리에 사자의 몸을 한 신화 속 동물.

아름다운 루앙프라방[99]에서 왔고 신비로운 바하왈푸르[100]에 잠시 머물렀죠. 그리고 매혹적인 통킹[101]에서도 짧지만 강렬한 추억을 남겼답니다! 자, 당신의 작은 연필로 꼼꼼하게 다 적으실 때까지 제가 더 기다려 드리죠!"

어색한 침묵이 흘렀다. 정보 장교는 당황한 기색을 숨기고 꿋꿋하게 다음 질문을 던졌다.

"그렇다면… 당신의 존귀한 직업은 무엇입니까?"

마침내 그녀가 더는 이 상황을 참을 수 없다는 듯, 격앙된 목소리로 날카롭게 소리쳤다.

"아! 정말이지 이거 너무한 거 아닌가요! 밑도 끝도 없이 계속되는 이 무의미한 대화를 언제까지 계속해야 하는 건가요? 당장 이 호텔 주인장을 불러주세요!"

그녀의 신경질적이고 날카로운 목소리에 영국 귀족 특유의 명령조와 단호함이 묻어났다. 루이는 그녀의 격앙된 목소리에 화들짝 놀라 얼굴에서 웃음을 지우고 로비로 달려갔다.

"주인장! 당장 저 무례하고 멍청한 일본인을 여기서 나가라고 해주세요!"

그녀의 목소리에 세계 최강국인 영국의 귀족 여성에게 느껴지는 권위적이고 호통치는 듯한 분위기가 담겨 있었다.

"부인, 정말 죄송합니다만… 이곳 조선의 법에 따라 부디 저

---

99 라오스의 고도(古都).
100 파키스탄 펀자브주의 도시.
101 베트남 북부 하노이의 옛 지명.

분의 질문에 성실하게 답변해 주셔야 합니다. 저는 당신께서 이러한 절차에 순조롭게 응하도록 도울 의무가 있습니다."

루이는 난처한 표정으로 그녀를 설득하려고 애썼다. 도도새는 짜증스러운 표정을 애써 감추며 한숨을 내쉬듯 대답했다.

"하… 답답하지만 어쩔 수 없군요. 좋아요! 그럼 저 어리석은 사람에게 똑똑히 전해주세요! 제 직업은, 어둠에 갇힌 불쌍한 세상에 밝고 따뜻한 이성의 빛을 전파하는 신지학神智學[102] 강사라고 말이죠!"

그녀는 이번 대답이 진짜로 마지막이라는 점을 강조하듯 단호하게 대화를 마무리했다. 나는 그녀가 고집 센 여성 인권 운동가나, 먼지 쌓인 백과사전을 종일 뒤적거리는 학자처럼 재미없는 일을 하며 세월을 보낼 것으로 짐작했다. 그러나 그녀의 입에서 튀어나온 예상치 못한 답변에 나는 머리를 한 대 얻어맞은 듯한 충격을 느꼈다. 머지않아 역사의 뒤안길로 사라질 운명에 놓인 동양의 작은 나라 조선의 수도 서울에서, 그 누구도 상상조차 하지 못한 이국적이고 신비로운 신지학자를 만나다니. 참으로 흥미로운 인연이기는 했다.

호텔 주인 루이는 사무실 문안으로 머리를 빼꼼히 들이밀더니 어찌할 바를 모르겠다는 듯 애처로운 표정으로 도움을 청했다. 그는 아마도 '신지학'이라는 듣도 보도 못한 단어가 무슨 뜻인지조차 짐작하지 못하는 것 같았다. 나는 그런 루이를 바라보며 '글쎄, 알아서 잘 처리해 보시라'는 의미로 어깨를 으쓱하며

---

[102] 신비로운 체험이나 계시에 의지해 신의 본질을 추구하는 철학 사조.

짓궂게 웃어 보였다. 사실 나 역시 일본어에 능숙하지 못해 그를 자신 있게 도와줄 처지가 못 됐다.

02. 옥살이 마치고 출소한 베델

 그때였다. 호텔 현관문이 삐걱 소리를 내며 열리더니 빠르고 힘 있는 발소리가 퍼졌다. 먼지 가득한 공기 속으로 키 작은 남성 하나가 성큼성큼 걸어 들어왔다. 상하이의 영국군 감옥에서 1년을 보내고 얼마 전 풀려난 베델[103]이었다.

 "무슨 일이 있길래 이 작은 호텔이 이다지도 시끄러운 거죠?"

 그의 목소리가 낮고 굵게 깔렸다. 그녀를 발견하더니 특유의 호탕한 웃음을 지으며 소개를 시작했다.

 "오, 부인. 처음 뵙겠습니다. 저는 베델이라고 합니다. 서울에서 〈코리아데일리뉴스〉라는 신문을 만들고 있죠. 일본인들의 심기를 건드렸다는 이유로 옥살이까지 했지만 후회는 없어요. 오히려 제가 하는 일에 무한한 자부심을 느끼고 있답니다. 자연스레 제 이야기가 마무리됐군요."

 베델은 옆에 있던 정보요원을 가리키며 익살스럽게 말했다.

 "아, 그리고 여기서 끊임없이 질문만 던지는 이 일본인은요. 일단 친해지면 꽤 재미있고 유쾌한 친구랍니다. 머리도 비상하고 끈기도 대단하죠. 외국인에 대한 호기심도 상당하답니다. 제가 오늘 점심에 뭘 먹었는지도 다 알고 있을걸요. 그런데 말이죠. 지금 무슨 재미나는 일이 벌어진 건가요?"

---

[103] 〈대한매일신보〉·〈코리아데일리뉴스〉 설립자로 이 소설의 주인공 어니스트 토머스 베델.

그녀는 베델을 보자마자 아까 남대문 정거장에서 나를 만났을 때처럼 맑은 눈을 빛냈다. 낯선 땅에서 자신을 도와줄 또 한 사람을 찾았다는 사실이 무척이나 기쁜 듯했다.

베델은 그녀의 상황을 눈치채고 유창한 일본어로 두 사람 사이에서 통역을 맡았다. 20년 가까이 교토 등지에서 생활했기에 일본어에 막힘이 없었다.[104]

베델은 호텔 서가에서 낡은 사전을 꺼내 들더니 신지학의 복잡한 개념을 차근차근 설명했다. 일본인 정보요원은 연신 고개를 끄덕이며 암호처럼 보이는 이상한 문자들로 노트를 빼곡히 채워 나갔다. 나는 그들의 대화 내용 일부를 이해할 수 있었다.

"이 영국인 여성은 수천 년간 이어진 신비로운 주문과 계시를 통해 개인의 내면에 잠재된 선과 악을 발견하고 미래의 운명을 예언하며 천국과 지옥 사이에서 신과 악마 간 중재자 역할을 합니다."

베델이 땀을 뻘뻘 흘리는 일본인에게 특유의 능글맞은 웃음으로 응수했다.

"만약 저것이 신지학에 대한 정확한 정의가 아니라면, 그건 내 지식이 짧아서가 아니고 일본어가 워낙 난해한 언어이기 때문이라오."

끈질기게 질문을 쏟아내던 일본인 정보요원이 베델과 긴 대화를 마치고 호텔을 떠났다. 도도새는 그제야 속이 후련하다는

---

104 영국인인 베델은 1888년 아버지와 이모부의 사업을 돕고자 일본으로 건너갔다. 고베에서 16년간 살면서 일본어에 능통했다.

듯 기지개를 켜고 호텔 전체를 활보했다. 저녁 식탁에 놓인 음식들의 냄새를 사냥개처럼 킁킁대는 기묘한 행동으로 주변 사람을 불편하게 만들었다. 참으로 실체를 알 수 없는 여인이었다.

그녀의 행동을 지켜보던 베델이 내게 몸을 기울여 속삭였다.

"빌리, 저 이상한 숙녀 말이야. 정말 특이하지 않아? 나처럼 영국에서 온 것 같은데… 혹시 눈을 자세히 본 적이 있어?"

신문사 편집장의 얼굴이 붉어지더니 혈기 왕성한 소년 같은 관심을 드러냈다.

"정말로 신기해. 중년 여인의 얼굴인데, 눈빛만큼은 20대 숙녀 같단 말이야. 일본인들은 이런 걸 '들꽃을 품은 돌'이라고 표현하더군."

우리는 일부러 그녀가 앉은 테이블 가까이 자리를 잡았다. 진지하게 대화를 나눠보고 싶어서였다. 베델은 일부러 그녀 쪽으로 시선을 돌리고는 주의를 끌고자 "흠!" 하고 소리를 냈다.

하지만 세계여행과 신지학에 심취했다는 영국인 여성은 더는 우리와 소통하고 싶지 않은 것 같았다. 베델의 헛기침이 무색하게도 아무 반응도 보여주지 않았다. 그러고 보니 아까 베델에게 도움을 받았을 때도 '고맙다'와 같은 기본적인 인사조차 건네지 않았다. 오히려 일본인 정보요원이 호텔을 떠나자 우리를 피하려는 듯한 느낌까지 드네.

그렇게 도도새는 저녁 식사를 마친 뒤 호텔 지배인 루이에게 등燈을 받아 2층으로 올라갔다. 그녀의 무심함과 냉담함이 살짝 서운했다. 서울에 어둠이 깔리자 우리는 루이가 천장에 매단 램프에 의지해 당구공을 굴렸다. 도무지 이해할 수 없는 툴링이라는 여성에 대한 불평을 쏟아내면서.

03. 베델을 만나러 온 조선 유명 지식인

밤 10시가 넘었다. 호텔 로비에 베델과 나만 남았다. 당구공 부딪히는 소리가 유난히 크게 울렸다. 창밖에서 야경꾼들이 막대기를 부딪치며 돌아다니기 시작했다. 어둠을 가르며 울려 퍼지는 이들의 순찰 소리가 도시의 밤 풍경을 더욱 깊숙이 각인시켰다.

좁은 공간이 게임 열기로 후끈 달아올랐다. 베델이 "너무 덥지 않으냐"고 묻더니 기다렸다는 듯 호텔 바에 늘어선 창문들을 일제히 열어젖혔다. 차갑고 습한 밤공기가 한꺼번에 밀려왔다. 켜켜이 쌓인 도시의 온갖 냄새도 함께 들어와 묘한 분위기를 자아냈다. 매캐한 장작 내와 희미하게 풍겨오는 음식 향, 이름 모를 풀 내음이 모두 섞여 코끝을 자극했다.

그렇게 30분 정도가 흘렀다. 평소와 달리 게임을 끝내지 않고 길게 시간을 끄는 베델의 행동이 뭔가 이상하다고 느끼던 차, 갑자기 창밖에서 누군가의 다급한 목소리가 들려왔다.

"베델, 베델!"

낮은 듯하면서도 간절함이 묻어나는 외침이 호텔 안에 긴장감을 불러일으켰다.

베델이 기다렸다는 듯 짧고 낮은 휘파람으로 응수했다. 그림자처럼 검은 형체가 도둑고양이처럼 창문을 넘어 방 안으로 들어왔다. 베델이 재빠르게 입으로 바람을 불어 램프의 불꽃을 껐다. 로비 전체가 칠흑 같은 어둠으로 뒤덮였다. 베델이 확신에 찬 목소리로 물었다.

"용 대감이시죠?"

그가 숨 막힐 듯 최대한 소리를 낮춰 물었다. 의문의 남성이 바로 답했다.

"예, 접니다."

그의 대답을 확인한 베델이 말을 이었다.

"지금 호텔 밖에서 일본인들이 저를 감시한다는 건 알고 계시죠? 아무 소리도 내지 말고 저를 따라오세요."

베델이 그를 데리고 삐걱거리는 나무 계단을 따라 2층으로 발걸음을 옮겼다. 나는 숨을 죽인 채 정체를 알 수 없는 조선인과 약간의 간격을 두고 뒤를 따랐다. 길게 이어진 어두운 복도를 지나 담배 냄새가 코를 찌르는 어느 방 앞에 도착했다. 누가 알려주지 않아도 베델의 침실임을 짐작할 수 있었다.[105]

그가 거칠게 성냥을 그어 침대 옆 작은 램프에 가져갔다. 작은 불빛이 어둠을 밀어내며 좁은 방 안을 채웠다. 베델은 방문을 걸어 잠그더니 호주머니에서 쇠로 된 성냥갑을 꺼내 손잡이 위에 조심스레 올려 균형을 맞췄다. 그의 오랜 경험에서 비롯된 투박하지만 효과적인 도청 방지 장치였다.

"누구라도 이 문을 통해 엿듣는 사람이 있으면 바로 알아챌 수 있죠. 문고리를 조금만 움직여도 성냥갑이 밑으로 떨어지니까요."

---

105 실제로 베델은 평소 술과 담배를 매우 즐겼다고 한다.

그의 낮은 목소리에서 긴장감과 노련함이 묻어났다. 방 안 분위기가 미스터리 추리소설의 한 장면처럼 서스펜스로 가득 찼다. 작고 아늑하지만 어딘가 음산한 기운이 감도는 호텔, 어수룩한 웨이터와 지배인, 그리고 밤의 적막 속에 잠긴 서울의 분위기는 그 자체로 훌륭한 추리소설의 배경이라 할 수 있었다.

베델을 찾아온 손님의 모습을 찬찬히 살펴봤다. 길거리를 청소하는 야간 노동자들이 입는 낡고 때 묻은 넝마를 걸치고 있었다. 누더기 바지는 무릎 위까지 걷어 올려져 있었고, 발에는 양말도 걸치지 않았다. 머리 위로 단정하게 틀어 올린 상투가 어렴풋하게나마 그의 신분을 짐작할 수 있게 했다.

내 눈이 불빛에 적응하자 그의 윤곽이 더욱 또렷해졌다. 그의 얼굴은 의외로 준수했고 키도 훤칠했다. 제대로 된 정장을 갖춰 입고 왔다면 틀림없이 일본인들의 눈에 띄었을 것이다. 허름한 변장으로는 그의 품격을 가릴 수 없었다. 대다수 조선 양반에게서 느껴지던 고집스러움이나 게으름의 인상 따위는 찾아볼 수 없었다. 넓고 시원한 이마는 지적인 면모를 고스란히 드러냈다. 예리한 눈빛과 굳게 다문 입술에서 조국을 향한 열망이 묻어났다.

조선의 유명 개화 지식인 용치선[106]이었다. 미국 남부의 명문

---

[106] 전작인 〈상하이 특급〉에는 두 주인공 베델과 빌리를 돕는 조선인으로 민영환이라는 역사 속 실존 인물이 등장한다. 〈헤이그의 보석〉에 등장하는 '용치선'은 가공인물로 보인다. 소설 속에서 그는 미국 남부 명문대를 졸업하고 조선 독립운동 단체에서 적극적으로 활동했다고 나온다. 훗날 친일파로 전향하는 윤치호(1865~1945)를 모델로 한 것으로 추정된다.

대를 졸업하고 과학적 사고와 국제적 감각으로 무장한 인재로, 대원군 섭정 시절 영의정을 지낸 거물의 장남이었다. 민영환 대감이 세상을 떠난 뒤로 조선에 얼마 남지 않은 애국자 가운데 한 명이었다.

한때 그는 일본의 암흑에서 벗어나고자 애국 단체 '일진회'[107]에 가입해 열정적으로 활동했다. 본래 일진회는 이웃 섬나라에서 온 침략자[108]에 맞서려고 생겨났지만, 어느 순간부터 일제의 검은돈에 매수돼 그들의 앞잡이 노릇에 앞장서는 단체로 전락했다. 용 대감은 이런 현실에 깊은 환멸을 느끼고 잠시 조선을 떠나 프랑스 파리와 러시아 상트페테르부르크를 떠돌았다. 조선 땅에 용 대감처럼 '행동하는 지식인'이 몇 명만 더 있었어도 동북아시아의 역사는 지금과는 다른 방향으로 흘러갔을지 모른다.

용 대감의 눈빛에서 그가 매우 긴급하고 중요한 용건을 가지고 왔음을 직감할 수 있었다.

"존경하는 베델!"

그가 희망에 가득 찬 목소리로 우리를 불렀다.

"예전부터 만나 뵙고 싶었지만, 그간 일본인들의 감시 때문에 뜻을 이루지 못했습니다. 오늘 제가 이렇게 위험을 무릅쓰고 여기로 온 것은, 이 나라 조선을 구할 수 있는 중요한 아이디어를

---

107 일진회는 1904년 8월 독립협회 관계자들이 주축이 돼 사회 개혁을 목적으로 설립됐지만, 러일전쟁 뒤로 일본에 매수돼 친일 행각을 일삼는 단체로 전락했다. 조선의 몰락을 이끈 대표적 매국 집단이다. 한일병합의 뜻을 이룬 일제는 1910년 9월 이를 해산시켰다.
108 이토 히로부미.

얻었기 때문입니다. 이걸 성공시킨다면 우리에게 새로운 희망의 길이 열릴 것입니다!"

희미한 램프 불빛 아래서 그의 목소리가 강렬하게 다가왔다. 베델이 손가락으로 그의 입을 막았다. 다른 손가락으로 창문 쪽을 가리키며 주변에 대한 경계를 늦추지 말라고 당부했다. 우리는 불빛 아래 더 가까이 얼굴을 맞댔다. 벽에 길게 드리워진 그림자가 방 안의 긴장감을 더욱 고조시켰다.

용 대감이 소리를 더욱 낮춰 들릴 듯 말 듯 낮은 목소리로 이야기를 이어갔다.

"마침내 하나의 탈출구를 찾았습니다. 6월부터 네덜란드 헤이그에서 만국평화회의[109]가 시작되는 건 두 분도 알고 계시죠? 조선에 우호적인 러시아 차르, 니콜라이 2세가 주재하는 행사죠. 국제사회의 정의를 심판하는 법정이 헤이그에서 열립니다. 조선 역시 이곳으로 특사를 보내 우리의 억울함을 전 세계에 호소하고 도움을 청해야 합니다."

그의 목소리가 간절함과 확신으로 가득 차 있었다. 베델이 그의 말을 끊었다.

"옳은 말씀입니다… 하지만 일본인들이 조선 황제가 특사를 파견할 때까지 가만 내버려둘까요?"

그가 현실적인 어려움을 정확히 지적했다.

"좋은 질문입니다. 일단 제 말을 천천히 들어주시면 고맙겠습니다."

---

109 제2회 만국평화회의.

조선의 젊은 지식인이 영국인 편집자의 말을 예의 있게 제지하며 차분하게 말을 이어갔다.

"얼마 전 제가 유럽에 다녀온 사실을 잘 알고 계시죠? 그것은 단순히 머리를 식히려는 목적이 아니었습니다. 사실 저는 황제 폐하의 명으로 신발 속에 밀서를 숨겨서 상트페테르부르크에 있는 러시아 고위층 인사를 만나고 왔습니다. 조선의 독립을 지원해 달라는 내용의 편지를 전하기 위해서였어요."

용 대감은 러시아 니콜라이 2세의 비밀 평의회 의원 한 명의 이름을 언급했다. 지금[110]도 유럽 외교가에서 상당한 영향력을 행사하는 인물이기에 여기서는 '그분' 정도로만 해 두려고 한다.

그가 힘 있게 대화를 이끌었다.

"그분께서 황제의 밀서를 찬찬히 읽어본 뒤 저에게 약속하셨습니다. '조선에서 자행되는 일본의 만행을 전 세계에 알릴 수 있도록 헤이그로 특사를 파견해 달라. 차르[111]께서 반드시 호응해 주실 것이다'라고요. 일본이 이 나라의 목을 얼마나 거세게 조르고 있는지 전 세계에 보여줄 절호의 기회입니다!"

용 대감의 목소리가 흔들리고 있었다. 크리스토퍼 콜럼버스가 긴 항해 끝에 신대륙을 발견[112]하고 감격에 겨워 찬송가를 불렀을 무렵, 조선[113]은 이런 서양을 비웃을 수준의 과학 기술로 무장

---

110 〈상하이 특급〉과 〈헤이그의 보석〉을 발표한 1912~1914년으로 추정된다.
111 니콜라이 2세.
112 1492년.
113 당시 조선은 제9대 왕인 성종이 다스리고 있었다. 그는 경국대전을

해 전 세계에서 가장 앞서가는 나라 가운데 하나였다. 그러나 지금은 안타깝게도 짙은 어둠만이 가득한 곳이 됐다. 이런 암울한 현실 속에서 아무 힘도 없는 우리 세 명이 조선을 구해보겠다고 작은 방에 모여 머리를 맞대고 있다는 사실이 조금은 아이러니하게 느껴졌다.

그날 밤 작은 등불 아래서 무너져 가는 조국에 마지막 남은 희망을 붙잡으려고 간절한 목소리로 열변을 토하던 젊은 애국자를 다시 볼 수 있으면 좋겠다. 그가 제안한 헤이그 특사 파견은 분명 조선에 새로운 빛을 던져줄 절호의 기회였다. 나와 베델은 그의 말을 들으며 조선의 운명이 우리들의 손에 달려 있는 듯한 전율을 느꼈다.

용 대감이 대화를 이어갔다.

"러시아의 진짜 속셈이 무엇인지는 잘 모르겠습니다. 순수한 의도로 조선을 도우려는 건 아니겠죠. 다만 지금은 그것까지 파헤칠 시간이 없습니다. 일단 황제 폐하를 만나 헤이그에 희망이 있다는 사실을 말씀드리고 밀사들의 서신에 옥새를 찍거나 황제의 서명을 받아야 합니다. 곧 만국평화회의가 시작되니 최대한 서둘러야 하고요!"

내가 절박함이 가득한 그의 말에 끼어들었다.

"그런데 말이죠. 지금처럼 일본의 감시가 극심한 상황에서 어떻게 황제 폐하를 만나 헤이그 특사 파견을 논의할 수 있을까요?"

반포하는 등 국가의 기틀을 다지고 여러 문물과 제도를 정비했다.

조선의 난관을 정확히 짚은 나의 질문에 용 대감이 한숨을 쉬며 답했다.

"음… 실은 그게 가장 큰 문제입니다. 저도 시베리아 횡단 열차[114]를 타고 조선으로 돌아오는 내내 한숨도 제대로 잘 수 없었어요. 현재 황제 폐하는 일본인들의 철저한 감시망 속에 갇혀 계십니다. 심지어 세자와 단둘이 만나는 것조차 허락되지 않죠. 하지만 러시아에 계신 그분께서 약속하셨습니다. 서울에서 인내심을 갖고 기다리면 제가 일본군의 눈을 피해 황제 폐하와 만날 수 있는 묘수를 찾겠다고요."

세 사람 사이에 무거운 침묵이 흘렀다. 우리가 감당해야 할 모험의 엄청난 무게감에 압도돼서다. 우선 일본의 감시를 뚫고 황제를 만나 헤이그 특사 파견을 설득해야 한다. 그런 뒤 황제의 신임장에 옥새를 찍거나 서명을 받아 정당성을 부여하고 '일본의 가장 교활한 뱀' 이토 히로부미가 곳곳에 심어 놓은 눈과 귀를 피해서 특사들에게 신임장을 전달해야 한다. 마지막으로 그들을 헤이그로 보내야 하고.

특사들을 파견하는 건 그나마 쉬운 일이다. 가장 힘든 건 일본인들 몰래 황제의 신임장에 옥새를 찍는 일이다. 이를 잘 아는 베델이 날카로운 질문으로 긴 침묵을 깼다.

"1905년 11월 일본이 조선과 강제로 외교권 조약[115]을 체결할

---

114 대한제국 시절에는 유럽에서 러시아의 블라디보스토크까지 시베리아 횡단 열차로 이동한 뒤, 배를 타고 조선으로 들어오는 경로를 이용했다.
115 을사늑약.

때, 황제께서 옥새를 쓰지 않으셨다는 사실을 잘 알고 계시죠? 나중에라도 조약 체결의 부당성을 전 세계에 폭로할 증거로 삼기 위해서였죠."

용감한 영국인 편집장이 냉철한 우려를 담아 말을 이었다.

"그런데 안타깝게도 현재 황제의 옥새는 자신의 손에 없습니다. 명목상으로는 정부 부처[116]가 관리하고 있지만, 이미 담당자들은 일본인들에 포섭돼 있죠. 지금 상황에서 황제 폐하께서 그들 몰래 옥새를 쓰는 건 불가능합니다. 황제의 옥새가 없다면 헤이그로 떠나는 특사들은 아무 법적 효력도 없는 전당포 문서나 다름없는 종잇조각을 들고 회의장에 들어가려는 것과 마찬가지죠. 황제께서 서명으로 갈음할 수도 있겠지만 헤이그가 과연 그걸 인정해 줄까요. 조선 독립 시도를 못마땅하게 여기는 나라들이 위조 가능성을 거론할 것이기에 특사들은 회의장 문턱조차 넘지 못하고 제지당할 가능성이 큽니다."

용 대감이 그의 말을 조심스럽게 받았다.

"음… 두 분이 모르는 사실이 하나 있습니다. 황제 폐하는 비밀리에 옥새를 새로 만들어 쓰고 계십니다. 일본인들의 눈을 피해 국가 외교 문서에 날인해 외국으로 보내는 용도죠. 다만 최근에는 일본인들의 감시가 부쩍 심해져 궁궐 밖 어딘가에 숨겨 놓았다고 들었습니다."

그때였다. 문고리 위에 올려둔 성냥갑이 "쿵" 소리를 내며 바닥으로 떨어졌다. 우리 셋은 온몸의 털이 쭈뼛 서는 듯한 섬뜩함

---
116 상서원(尙瑞院).

을 느꼈다. 모두 숨을 멈추고 소리가 난 문 쪽으로 시선을 고정했다.

베델이 가장 먼저 움직였다. 오른손으로 침대 옆 막대기를 잡은 뒤 왼손으로 램프를 들어 문 가까이 다가갔다. 그는 자신의 귀를 나무문에 대더니 숨소리를 죽이고 1~2분을 보냈다. 이후 세면대 가장자리에 램프를 내려놓고 단 한 번의 동작으로 빠르게 문을 열어젖혔다.

문 너머 복도가 어둠에 잠겨 있었다. 희미한 달빛조차 스며들지 않아 아무것도 보이지 않았다.

나와 용 대감도 베델을 따라 문밖으로 나왔다. 베델은 머리 위로 램프를 높이 들어 올려 복도 구석구석을 비췄다. 벽에 드리워진 기괴한 그림자 말고는 어떤 움직임도 감지되지 않았다. 그래도 우리만 아는 비밀 장치인 성냥갑이 떨어졌다는 사실이 소름끼치는 불안감을 자아냈다.

우리는 믿을 수 없다는 듯한 표정으로 서로를 마주 보았다. 성냥갑이 중력을 이기지 못해 스스로 떨어졌을 수도 있는데, 우리가 극도로 긴장한 탓에 사소한 움직임에도 과민하게 반응하는 것일 수 있었다. 불안감을 떨쳐내고자 복도를 다시 한번 찬찬히 살펴본 뒤 방 안으로 돌아와 문을 닫으려는 순간이었다.

"가만!"

용 대감이 고개를 숙이더니 문턱 바로 옆 바닥에서 무언가를 주워 들었다. 베델이 램프 불빛을 비추더니 얼굴이 일그러졌다.

그의 손에 들린 얇고 길쭉한 몸체에 작은 보석 몇 개가 박혀 불빛에 반짝였다. 섬세하게 세공된 은으로 만들어진 머리핀이었다. 12인치[117]는 족히 돼 보이는 하얀색 곱슬 머리카락도 서너 가닥 매달려 있었다.

베델과 나는 그 기이한 물체를 확인한 뒤 약속이라도 한 듯 동시에 입을 열어 똑같은 이름을 내뱉었다.

"데오도시아 툴링!"

---

117 약 30센티미터.

04. 베델을 엿보던 영국 여성

우리는 너무도 혼란스러웠다. 영국에서 온 그 올빼미 같은 여자가 우리 이야기를 몰래 엿듣고 있었다고? 그것도 서울에 발을 디딘 첫날 밤에? 우리가 누구인지 잘 알지도 못할 텐데 염탐부터 했다고? 모든 게 이해되지 않았다.

하지만 루이의 호텔 투숙객 가운데 우리가 발견한 머리핀과 흰색 머리카락을 가질 만한 이는 단 한 명뿐이었다. 베델은 굳게 닫힌 그녀의 방문을 멍하니 바라보며 어이없는 표정으로 중얼거렸다.

"음… 적어도 오늘 밤에는 누구도 열쇠 구멍으로 우릴 엿보는 일은 없겠죠?"

우리는 다시 낡은 나무 탁자에 바싹 붙어 앉아 용 대감이 제안한 위험천만하고도 웅장한 모험을 어떻게 실행할지 중지를 모았다. 탁자 위에 놓인 머리핀이 우리의 은밀한 논의를 엿듣고 있는 것 같았다.

황제를 둘러싼 인의 장막에서는 도저히 빈틈을 찾을 수 없었다. 그가 1905년 11월 '상하이 특급' 작전을 통해 궁궐을 극적으로 탈출했다가 돌아온 뒤로 30명이나 되는 감시자들이 황제를 24시간 그림자처럼 따라다니며 지켜보고 있었다. 죄수나 다름없는 황제가 갇혀 있는 경운궁의 굳게 닫힌 문에도, 그의 알현실을 가리는 화려한 병풍에 그려진 꿈틀거리는 용의 눈에도, 심지어 그의 침실 미닫이문에 그려진 한가로운 풍경 그림에도 날카로운 일본인들의 매서운 눈초리가 숨어 있는 듯했다.

조선인들은 외부 세계와 차단돼 살았지만 황제는 그런 조선에서도 가장 고립된 존재였다. 일본인과 친일파 조선인들에 겹겹이 둘러싸여 하루하루를 무기력하게 지냈다.

우리는 북한산 자락에 여명이 스며들 때까지 이야기를 나누며 묘수를 찾아보려고 애썼다. 새벽이 밝아오자 용 대감이 의미심장한 한마디를 남겼다. 거기에는 황당하고 불가능해 보이는 모험을 시작할 수 있는 유일한 희망이 녹아 있었다.

"아직 폐하의 측근 가운데 우리의 간절한 메시지를 일본인들에 고하지 않을 만한 인물이 하나 있습니다. 바로 황제의 의복을 관리하는 '대송'이라는 노인이죠. 그가 아직 변절하지 않았다면 상트페테르부르크에서 저에게 보낼 신호를 토씨 하나 안 바꾸고 황제에게 전달할 유일한 인물입니다. 일본인들은 그를 그저 늙고 순박한 사람으로만 여깁니다. 감시나 통제가 상대적으로 덜하죠. 제가 그에게 은밀히 연락해 황제께 보낼 내용을 전달하도록 뇌물로 설득해 보겠습니다."

과거 베델은 경운궁을 자신의 집처럼 다닐 수 있는 비밀 통로를 알고 있었다. 그러나 황제가 '상하이 특급' 작전을 감행한 뒤로 일본인들은 그 통로의 존재를 확인해 막아 버렸다.

이제 베델은 예전처럼 자유롭게 궁 안으로 들어가 황제와 만날 수 있는 처지가 아니었다. 지금으로서는 대송이라는 노인이 일본인 감시자들 앞에서 용 대감이 은밀히 전할 메시지를, 진짜 의도가 드러나지 않게 읊어주는 것 말고는 다른 방법이 없었다.

용 대감은 이 말을 남긴 뒤 호텔 창문 밖으로 사라졌다. 베델과 나는 무겁고 착잡한 마음으로 씁쓸하게 담배 연기를 내뿜었다. 어느덧 시계가 오전 8시 30분을 가리키고 있었다. 우리는 밤새 한숨도 제대로 자지 못해 충혈된 눈으로 식탁에 마주 앉았다. 바삭하게 구운 토스트에 달콤한 오렌지 마멀레이드를 발라 한 입 베어 물고 따뜻한 커피를 음미하고 있을 때였다.

도도새 툴링이 남자처럼 성큼성큼 걸어오더니 우리와 등을 지고 자리를 잡더니 눈길조차 주지 않았다. 그녀의 앙상하고 각진 팔꿈치 움직임과 시계태엽처럼 흔들리는 곱슬머리 뭉치가 우리를 노골적으로 경멸하는 듯했다. 식사를 먼저 마친 베델이 요란하게 의자를 밀고 일어나더니 빠르게 툴링의 테이블로 다가갔다. 코트 주머니에서 문제의 머리핀을 꺼내 그녀의 버터 접시 옆에 소리 나게 올려놨다.

"툴링 씨!"

베델이 평소 성격답게 쩌렁쩌렁 벼락 치듯 울리는 목소리로 이름을 불렀다.

"어젯밤 당신이 제 방문 밖에 이것을 떨어뜨리고 가셨더군요!"

도도새가 베델의 차갑고 분노 섞인 목소리에 쓴웃음을 흘렸다. 순간적으로 그녀의 얇은 뺨에 잔뜩 주름이 잡혔다. 하지만 몇 초 뒤 그녀는 아무 일도 없었다는 듯 천연덕스럽게 그에게 대꾸했다.

"베델 씨라고 하셨나요? 제 물건을 찾아 주시다니 매우 사려가 깊으시군요. 안 그래도 아침에 일어나 보니 머리핀 하나가 감쪽같이 사라져서 당황했는데, 거기 있었나 보네요. 서울에서 이런 걸 새로 구하는 게 얼마나 어려운 일인지 저보다도 잘 아시겠죠?"

순진한 걸까, 아니면 뻔뻔한 걸까. 그녀의 목소리가 지나치게 친절했다. 그 친절함 속에 숨겨진 비웃음이 소름 끼쳤다. 툴링의 예상치 못한 대답에 베델의 입이 물고기처럼 쩍 벌어졌다. 목에 커다란 무언가가 걸려 제대로 숨조차 쉬지 못하는 듯했다.

그녀는 베델이 테이블 위에 올려놓은 머리핀을 집어 들더니 아무렇지도 않은 듯 자신의 헝클어진 머리카락 속으로 밀어 넣었다. 키가 작고 날카로운 눈빛을 가진 항일 신문 편집장의 얼굴이 분노로 달아올랐다. 그는 무서운 사냥개처럼 도도새를 쏘아보며 말했다.

"툴링 씨, 어젯밤 늦게 당신의 머리핀과 함께 당신의 하얀 곱슬 머리카락을 주웠다고 분명히 말씀드렸습니다. 그때 제 방에는 몇몇 신사분들이 함께 계셨고, 매우 사적인 대화를 나누고 있었죠. 그런데 바로 그 방문의 열쇠 구멍 바로 아래에서 이 물건이 발견되었단 말이죠. 당신이 틀림없이 내 방에서 새어 나오는 소리를 엿들었다는 것에 내 모든 것을 걸 수 있어요. 당신은 이 상황에 조금의 미안함도 느끼지 않으시나요?"

베델이 도도새를 코너로 몰아붙인다는 생각이 들었다. 내가 자리에서 일어나 격렬한 대치 상황을 끝내고자 그의 팔을 끌어

당기려 할 때였다. 툴링이 아무렇지도 않은 표정으로 상냥하고 부드럽게 대꾸했다.

"제 머리핀이 당신의 방 안에서 발견되었다면 당연히 사과를 드려야 마땅하겠죠. 하지만 복도 바닥에 떨어져 있었던 것이 대체 당신에게 무슨 문제가 되나요? 그 머리핀이 거기에 있었다는 사실이, 제가 당신의 방을 도청했다는 증거라도 된다는 말씀이신가요?"

툴링은 마치 악마의 변호사라도 된 듯 미리 준비한 답변을 완벽히 내놓고는 자신의 토스트에 마멀레이드를 발라 무표정한 얼굴로 씹어 먹었다. 그 광경을 지켜본 베델은 더는 견딜 수 없다는 듯 화를 내듯 몸을 돌려 식당 밖으로 나가 버렸다.

사무실로 따라가니 베델은 분노에 떨고 있었다. 말싸움으로는 그 여자를 이길 수 없다고 판단한 듯했다.

"저 여자는 백 퍼센트 유죄야. 내가 맹세해. 뭔가 음흉한 속셈이 있어. 틀림없이 누군가에게 못된 지령을 받고 여기로 온 거라고. 저 악마 같은 웃음 뒤에 뭔가 엄청난 걸 숨기고 있어. 내가 반드시 정체를 밝혀내고야 말겠어. 그런데 말이야, 빌리. 제발 그만 웃어. 내가 그렇게 바보 같아 보여? 정말 기분 나쁘단 말이야."

이날부터 베델은 툴링의 모든 행동 하나하나를 매의 눈으로 감시하며 저녁 시간마다 분노를 터뜨리는 것이 새로운 일과가 됐다. 어둠의 도시 서울에서 하세가와 말고 또 한 명의 '인생의 적'이 등장했다.

그런데 신기하게도 이 이상한 영국 여성은 얼마 안 가 서울의 외국인 사회에서 가장 뜨거운 인물로 떠올랐다. 그녀의 스코틀랜드식 모자와 광부 같은 작업복 차림이 어두운 밤에 홀연히 나타나는 올빼미 분위기를 풍겼다.

그녀는 이런 복장으로 영국 외교관들의 부인에게 신지학 교양 강의를 시작했고 타로 카드를 펼쳐 미래도 읽어줬다. 그녀의 특별한 능력이 입소문을 타고 사교계 전체로 퍼져나갔다. 서울 생활에 지루함을 느끼던 각국 외교관 부인들은 오랫동안 기다려 왔던 흥미로운 '괴짜'의 등장에 기쁨을 감추지 못했다.

매일 저녁 5시, 서울의 외국인 남자들은 습관처럼 애스터하우스 호텔 클럽으로 모였다. 이들이 담배 연기를 내뿜으며 위스키 하이볼 잔을 기울일 때마다 "자네도 툴링 강의 들어봤어?"라고 물어보는 것이 인사말이 됐다. 임진왜란으로 조선을 괴롭힌 도요토미 히데요시 이후 서울에서 그녀만큼 널리 알려진 외국인은 처음이었다.

급기야 며칠 뒤 이토 히로부미 통감의 비서관이 호텔로 찾아왔다. 수십 명의 일본인을 상대로 신지학의 개요를 설명해 줄 수 있냐고 부탁하기 위해서였다. 며칠 전 그녀와 30분 넘게 실랑이를 벌인 정보 장교도 도도새의 강의를 들으려고 자리에 앉아 있었다고 한다.

일본인들은 서울로 들어오는 모든 서양인을 잠재적인 스파이로 의심했다. 툴링 역시 예외가 아니었다. 일본인들이 그녀에게 강의를 요청한 것은 순식간에 장안의 화제가 된 툴링의 실체를 직접 보고 스파이 여부를 확인해 보려는 속내를 담고 있었다.

하지만 놀랍게도, 그들 역시 도도새의 강의를 직접 듣고 난 뒤 경계심을 완전히 풀었다. 그들은 툴링을 괴팍한 성격의 입담 좋은 학자, 그 이상도 이하도 아니라고 확신한 것이다. 그렇게 일본인들은 그녀를 '조선에 무해한 인물'로 규정했다.

그들의 판단 덕분에 놀라운 일이 벌어졌다. 툴링이 서울 땅에 발을 디딘 지 보름여 만에, 조선에서 가장 슬프고 외로운 황제를 직접 만날 기회를 얻은 것이다.

이토 통감은 경운궁에 갇혀 하루하루를 무기력하게 보내 우울증을 호소하는 황제를 달래주고자 여러 가지 재미를 느끼게 해주고 싶었다. 경건한 왕궁을 화려한 유원지로 개조해 동물원과 식물원을 건설하려는 계획도 세우고 있었다. 그들의 속내는 단순했다. 황제가 하루하루 고민 없이 시간을 보내게 해 국제사회에 '일본의 보호국' 조선이 무탈하고 행복한 일상을 보내는 것처럼 보이게 하려는 것이었다.

더군다나 미신에 심취한 것으로 유명한 조선의 황제에게, 영국인 신지학자의 기묘한 강의와 매혹적인 카드점은 메마른 사막의 오아시스처럼 달콤한 유혹이 될 것이다. 툴링이 전 세계 신화와 괴담을 빼놓지 않고 들려주고 점술 카드까지 펼쳐 운명을 탐색한다면, 무기력함과 절망감에 휩싸여 신음하는 황제는 신지학자의 이야기에 깊이 빠져들어 2년 전 해외 망명 시도처럼 불온한 행동은 하지 않을 것이라는 계산이 자리 잡고 있었다.

05. 황제를 만나러 간 신지학자

 그렇게 그녀는 조선의 황제를 직접 마주하고 은밀한 대화를 나눌 수 있게 됐다. 1905년 11월 이후 어느 외국인도 꿈꿀 수 없었던 일이었다. 물론 황제 곁을 그림자처럼 따라붙는 일본인 감시자와 그가 지정한 조선인 통역관이 동석해야 한다는 조건이 붙었지만.

 푸른 눈빛의 이방 여인이 용상에 앉은 황제를 만났다는 소문은 서울의 밤거리와 골목길을 따라 삽시간에 도시 전체로 퍼져나갔다.

 툴링이 외로운 황제와 대화를 나누기 시작한 지 사흘째 되던 날이었다. 집에서 저녁을 먹고 쉬고 있던 나에게 입술을 굳게 다문 조선인 한 명이 쪽지를 들고 찾아왔다. 베델이 보낸 신문사 직원이었다. 그가 건넨 눅눅한 종이에는 단정하면서도 날카로운 필체로 '저녁 9시에 루이의 호텔에서 만나자'고 적혀 있었다.

 "빌리, 아까 용 대감이 자신의 집에서 일하는 '희동'이라는 친구를 나한테 보냈어. 심상치 않은 내용의 전갈과 함께."

 호텔 바에 앉아 있던 베델이 이미 몇 잔의 술을 들이켜 얼굴이 달아올라 있었다. 평소와 달리 어딘가 모르게 불안한 기색을 내비치며 낮은 목소리로 차근차근 설명했다.

 "어제 상트페테르부르크에서 급하게 전보가 왔다는군. 일본인들이 전보 내용을 검열했을 것이어서 겁에 질려서 내용을 살폈다는데… 뜻밖에도 거기에는 예스러운 중국 고전의 한 구절만 적혀 있었다고 해. '멀리서 친구가 찾아오니 어찌 반갑지 아니한가'[118]라고. 도저히 속뜻을 알 수 없는 이 문장을 황제에게 전하기만 하면, 그 뒤에는 그가 알아서 판단한다는 이야기야. 솔직히 말해서 나나 용 대감은 이 뜬금없는 구절이 도대체 무엇을 암시하는지 짐작조차 할 수 없어. 그나마 다행인 건 매의 눈빛을 가진 일본인 감시자들도 이 문장의 속뜻을 알아채기 힘들다는 거겠지. 어쨌든 용 대감은 이 기묘한 전보를 황제의 최측근 대송에게 전달했다고 해."

베델이 잠시 뜸을 들이더니 무언가 망설이는 듯 나를 응시하며 말을 더했다.

"그리고… 더 이상한 부탁이 있었어. 앞으로 오전부터 쉴 새 없이 비가 쏟아지는 날이 오면 자정에 경복궁 깊숙한 곳에 자리한 연못에서 만나자고. 우리에게 소개해 줄 분이 있대. 뭐가 뭔지 아무것도 모르겠어."

그렇게 일주일 정도가 지났다. 조선 땅에 장마의 기운이 드리우기 시작했다. 그날도 아침부터 집요하게 쏟아지는 빗줄기가 세상 모든 소리를 삼켜버린 듯했다. 베델은 오후 늦게 굳은 입술의 조선인 직원을 다시 보내 애스터하우스 호텔로 불러들였다. 오전부터 쉴 새 없이 비가 내리면 자정에 경복궁에서 용 대감을 만나기로 한 약속을 지키기 위해서였다.

어둠이 짙게 드리운 저녁, 집 앞으로 낡고 삐걱거리는 인력거

---

118 논어에 나오는 有朋自遠方來 不亦樂乎(유붕자원방래 불역낙호).

한 대가 축축한 흙바닥을 질척거리며 멈춰 섰다. 종일 쏟아진 비 때문에 서울의 밤 풍경은 안개 자욱한 저승의 도시처럼 음산하고 기괴한 분위기를 자아냈다. 형체 없는 검은 손이 뒤에서 불쑥 나와 나의 머리채를 움켜잡아 끌고 갈 것만 같은 공포감마저 느껴졌다. 어둠 속에서 희미하게 빛나는 몇몇 불빛만이 이곳이 황량한 몽골의 사막이 아니라 500년의 역사를 간직한 고도임을 어렴풋이 상기시켰다. 귓가를 울리는 빗소리를 듣고 있자니 '비 오는 밤에는 거리 곳곳마다 호랑이 귀신이 돌아다닌다'는 조선의 오래된 전설이 떠올랐다.

호텔에서 만난 베델은 내가 코트에서 빗방울을 다 털어내기도 전에 거친 손길로 팔을 잡아끌며 바의 구석으로 데려갔다. 우리는 낡은 당구대 위의 공들을 바라보며 몇 시간 뒤 고요한 어둠 속에 잠긴 오래된 궁궐 연못에서 어떤 만남이 이뤄질지 대화를 나눴다.

11시를 알리는 벽시계 소리가 울렸다. 우리는 가랑비를 피하고자 모자를 눌러쓰고 약속된 장소로 발걸음을 옮겼다. 용 대감이 우리와 만나기로 한 곳은 시간이 멈춰버린 듯 퇴락한 아름다움과 섬뜩한 침묵이 공존하는 정글 한가운데, 굳게 닫힌 낡은 문 너머 과거의 빛바랜 영광이 을씨년스러운 폐허로 변해버린 경복궁 안이었다. 한때 조선 왕조의 심장이었던 100에이커[119] 넓이의 버려진 궁은 이제 주민들의 민가로 둘러싸여 버려진 터가 됐다.

---

119 약 40만 제곱미터. 경복궁의 실제 면적은 43만 제곱미터 정도다.

웅장했던 궁궐 전각들은 퇴색한 빛깔을 띤 채 뼈대만 남아 있었고, 섬세한 아름다움을 자랑하던 정자들도 낡고 부서져 바람에 흔들렸다. 왕립 도서관의 창문은 거미줄에 굳게 닫혀 있었고, 한때 수많은 궁중 신하들의 발길에 닳아 움푹하게 파인 계단도 잡초만 무성하게 자라나고 있었다. 궁녀의 웃음소리와 사슴의 울음소리가 모두 사라진 공원, 활 대신 먼지만 쌓인 활터, 축축한 이끼로 뒤덮인 여름 정자, 그리고 위태롭게 흔들리는 연못 위 낡은 다리까지⋯ 모든 것이 방치된 채 시간의 흐름 속에서 사그라들고 있었다.

과거 황제는 자신의 아내가 일본인들의 칼날에 스러져 불길에 휩싸이는 과정을 경험한 뒤로 슬픔과 절망감에 휩싸였다. 그래서 이곳을 버리고 담장 너머 작은 궁으로 거처를 옮겼다. 그러나 결과적으로 새 안식처는 일본 제국의 검은 그림자 아래서 그의 자유를 스스로 억압하는 좁은 감옥이 되었다.

축축한 어둠이 드리운 밤, 굳게 닫힌 궁궐 남문의 거대한 돌 해태상은 살아있는 고대의 매머드처럼 웅크리고 앉아 위압감을 뿜어냈다. 밤하늘을 향해 꼬불꼬불 휘어진 처마 지붕도 사악한 마녀의 검은 썰매처럼 음산한 분위기를 더했고. 담벼락 꼭대기에 듬성듬성 세워진 망루들은 환상 속에서나 존재할 법한 궁수들의 텅 빈 요새처럼 보였다.

우리가 약속 장소로 정한 곳은 고요한 연못 주변에 기둥만으로 지탱해 서 있는 정자[120]였다. 베델과 나는 넓은 연잎 위로 끊

---

120 향원정.

임없이 떨어지는 빗방울 소리를 들으며 초조하게 용 대감을 기다렸다. 낡은 회중시계 시침이 자정을 가리키자 우리 가까이 마른 잔가지를 밟고 돌 위를 걸어오는 발소리가 들려왔다.

베델이 낮게 휘파람 소리를 내자 칠흑 속에서 조심스러운 목소리가 들려왔다.

"베델?"

용 대감이었다. 그는 작은 오솔길로 숨어 들어와 우리 곁으로 다가섰다.

"일단 귀한 분을 소개해 드리려고 합니다. 이분께서 간절히 두 분을 만나고 싶다고 하셔서 함께 왔습니다."

용 대감의 등 뒤로 형체를 쉽게 짐작할 수 없는 한 사람이 서 있었다. 주변이 너무 깜깜해서 그의 얼굴은 물론 옷차림조차 분간하기 힘들었다. 베델은 어둠 속 인물을 확인하고자 조심스럽게 다가가서는 얼굴을 바짝 들이밀었다. 그 순간 밤하늘에서 번개가 내리쳐 세상이 잠시 밝아졌다. 그는 도저히 믿을 수 없다는 듯 놀라운 표정을 지으며 소리쳤다.

"세상에! 데오도시아 툴링! 어떻게 당신이 여기에…."

정체를 드러낸 영국인 신지학자는 떨리는 손을 자신의 머리에 가져가더니, 오랫동안 감춰왔던 비밀을 보여주려는 듯 머리카락을 움켜쥐고 가발을 벗겨냈다. 충격적인 광경을 목격한 베델은 숨을 멈춘 채 몸을 크게 휘청였다. 하마터면 연못 속으로 빠질 뻔했다. 내가 그를 붙잡아 세웠다.

"베델, 빌리! 일단 진정하세요!"

너무나 익숙한, 그러나 더욱 깊어진 부드러움 속에서 강렬한 카리스마를 발산하는 미국 여성의 목소리가 울려 퍼졌다.

"2년 전 황제를 납치하려다 실패한 당신들의 친구가 서울로 돌아왔어요."

1905년 일본인들의 눈을 피해 말을 타고 어둠 속을 질주한 '상하이 특급' 작전의 '소녀'가 우리 눈앞에 서 있었다.

06. 2년 만에 서울에서 다시 만난 소녀

 조선에서 여러 해를 보내며 어지간한 충격에는 무덤덤해졌다고 믿으며 살아왔지만, 소녀를 다시 만난 뒤로 그간 내 생각이 완벽히 잘못됐음을 깨달았다. 몇 주 전 스코틀랜드풍 모자를 눌러쓰고 남대문 정거장에 홀연히 나타난 중년의 부인이 바로 '소녀'였다니. 동일 인물로 보기에 불가능해 보일 정도의 완벽한 변신이었다.

 베델은 상황이 이해되지 않는다는 듯 연달아 질문을 쏟아냈다.

 "당신, 도대체 서울에 다시 와서 왜 정체를 숨긴 건가요? 우리가 당신을 돕고 싶어 한다는 것을 뻔히 알면서 말이죠. 친구들은 왜 속였고 내 방문 밖에서 대화는 왜 엿들은 거죠?"

 소녀가 차분히 웃으며 우리 어깨 위로 팔을 올렸다.

 "자, 두 분께 하나씩 설명해 드릴게요. 저는 용 대감이 상트페테르부르크에서 접촉한 바로 그분을 만났어요. 당신들이 루이의 호텔에 모여서 은밀히 모의한 그 계획을 실행하기 위해서요. 2년 전처럼 제가 화가로 위장해 궁궐로 잠입할 수 없으니, 이번에는 신지학자로 역할을 바꿨어요. 황제께서 점술을 좋아하신다는 점을 이용한 설정이죠."

 소녀는 '지킬 박사와 하이드' 같은 자신의 변신이 성공적이라고 판단한 듯 흐뭇한 미소를 지었다.

"그리고 당신 문 앞에서 대화를 엿들은 건, 두 분과 용 대감께 제 신분을 드러낼 수 없던 당시 상황에서 최선의 방법으로 판단했어요. 다만 문고리에 손을 대 성냥갑을 떨어뜨린 건 첩보원으로서 어설픈 행동이었죠. 그래도 두 분 모두 이번 모험에 동참하고 싶어 한다는 사실을 알게 돼 정말 기뻤어요."

소녀가 우리들의 표정을 두루 살핀 뒤 말을 이어갔다.

"제 임무는 황제에게 점술 카드로 운명을 봐 드리면서 옥새 문제 논의를 위한 비밀 회동 시간과 장소를 정하는 것이었어요. '당신께서 최근 들었던 문장이나 어구 중에 도저히 이해되지 않는 것이 있다면 이 점괘와 연결해 보라. 그러면 모든 문제가 풀린다'라는 조언과 함께요. 황제께서 고르신 카드의 점괘를 설명하기 전, 저는 '2년 전 상하이 방향에서 좋은 기운이 흘러왔다가 홀연히 사라졌다. 고양이처럼 예민한 동물은 보라색 기운을 감지했을 것이다'라고 운을 띄웠죠. 일본인 감시자들이 무슨 뜻인지 알아듣지 못해 눈만 깜빡거리는 상황에서 황제께서 제 눈을 깊숙이 응시하시더니 깜짝 놀라는 표정을 지으셨어요. 제 정체를 알아채신 거죠."

소녀가 흥분된 목소리로 말을 이어갔다.

"황제께서 선택하신 카드의 점괘는 이거였어요. 바로 '정오에 큰비가 내려 온 땅을 적시면, 자정에 생명 없는 연못이 되살아난다'요."

소녀의 이야기를 듣던 용 대감이 너무도 놀란 듯 무릎을 쳤다.

"아! 그래서 지금 우리가 이 연못에 모여 있게 된 것이군요!

이제야 이 복잡한 퍼즐의 그림을 읽었습니다. 앞서 두 분은 제가 대송을 통해 황제께 은밀히 전해 달라고 부탁한 전보를 기억하시죠? '멀리서 귀한 친구가 찾아왔으니 어찌 기쁘지 않겠는가'라는 시구 말입니다. 툴링은 황제께 '최근 들었던 문장이나 어구 중에 이해되지 않는 것이 있다면 이 점괘와 연결해 보라'고 했고요. 그 둘을 더하면 이렇게 됩니다. '정오에 큰비가 온 땅을 적시면 자정에 연못이 기적처럼 되살아난다. 먼 곳에서 친구가 그곳으로 찾아오니 어찌 기쁘지 않겠는가.' 황제께서는 이 말의 의미를 정확히 파악하셨을 겁니다. 낮부터 비가 억수같이 쏟아진 날 자정에 경복궁의 연못으로 찾아오면, 우리가 거기서 기다리고 있다는 걸 말이죠."

일본인들이 황제의 모든 대화 내용을 감시하는 상황에서, 러시아 첩보 당국이 황제에게 보낼 암호를 둘로 쪼개서 감시망을 우회한 것이다.

이때 나는 문득 떠오른 의문점을 꺼내 들었다.

"그런데 말이죠. 만약 황제께서 험준한 산이나 거친 강이 그려진 카드를 골랐다면 우리는 과연 어떻게 만날 수 있었을까요? 경복궁 뒤편 북한산으로 올라가거나 여기서 10킬로미터 떨어진 한강으로 달려가야 하나요?"

소녀는 장난기 가득한 웃음을 지우고 진지한 표정으로 답했다.

"그런 걱정은 할 필요가 없답니다. 제가 준비해 온 카드에는 황제께서 마음만 먹으면 홀로 은밀히 찾아올 수 있을 만한 궁궐 주변 장소들만 골라서 그려져 있으니까요."

그때 용 대감이 무언가를 확신하는 듯 단호한 목소리로 말을 끊었다.

"황제 폐하께서 영국인 신지학자의 정체를 제대로 파악하셨고 이번 암호를 정확하게 해독하셨다면 곧 이곳으로 오실 것으로 생각해요. 아니, 황제는 반드시 여기로 오실 겁니다."

나는 소녀의 손을 조심스럽게 붙잡았다. 생기라고는 찾아볼 수 없는 옛 궁궐터에서 그녀의 가느다란 손가락을 통해 뜨거운 용기와 대담함, 젊음의 에너지가 전달됐다. 예상치 못한 강렬한 생기에 내 가슴이 다시 요동치기 시작했다.

2년 전, 소녀가 처음 서울 땅을 밟았을 때의 풋풋하던 모습이 선명히 그려졌다. 아름다운 목선을 감싸던 풍성한 금발과 봄날의 햇살처럼 빛나던 맑고 푸른 눈빛이 떠올랐다. 그토록 아름다운 여인이 자신의 매력을 지워버리고 이토록 완벽하게 다른 사람으로 변신하다니. 놀라움을 넘어 경외감까지 느껴졌다.

끊임없이 쏟아지는 빗방울이 축축하게 땅바닥을 두드렸고 젖은 소나무 가지들이 유령 무리처럼 무질서하게 흔들렸다. 쏟아지는 비에 옷이 흠뻑 젖었다. 우리는 차가운 땅바닥에 몸을 잔뜩 웅크리고 불편한 자세로 황제가 오기를 기다렸다. 몇 분이 몇 시간처럼 길게 느껴졌다. 혹시라도 황제가 암호를 제대로 이해하지 못했으면 어쩌나 하는 불안감이 마음속을 파고들기 시작할 때였다. 멀리서 조심스럽고 나지막한 목소리가 희미하게 들려왔다.

"용 대감, 용 대감!"

우리는 약속이라도 한 듯 다 같이 자리에서 일어섰다. 어둠 속에서 하얗고 긴 띠를 두른 형체 없는 바지를 입은 그림자가 얼굴을 드러냈다.

"폐하!"

용 대감이 낮은 목소리로 존경을 담아 조선어로 그를 불렀다. 경운궁의 가장 낮은 담벼락을 넘어 이 음습한 경복궁 깊숙한 곳까지 속도를 내 걸어온 황제가 서 있었다. 베델과 나는 동양의 예의범절을 지키고자 서둘러 모자를 벗고 머리를 숙여 경의를 표했다. 소녀도 허리를 깊게 숙여 예를 갖췄다. 용 대감은 빗물에 젖은 차가운 땅바닥에 엎드려 절을 올렸다.

"최대한 서둘러 주십시오. 폐하께서 궁궐을 비우신 것을 일본인들이 알아채기 전에 모든 대화를 마쳐야 합니다."

통역을 맡은 용 대감이 다급한 목소리로 우리를 재촉했다. 곧바로 대화가 시작됐다. 용 대감과 소녀는 조심스러우면서도 단호한 어조로, 조만간 열릴 헤이그 만국평화회의에 특사를 파견하는 계획의 정당성을 설명했다.

대화가 열기를 띠자 황제와 용 대감이 조선말로 빠르게 대화하기 시작했다. 황제가 어린아이처럼 기쁨을 감추지 못하는 듯 보였다. 두툼하게 누빈 옷 때문에 다소 둔해 보였지만 기분이 좋은 듯 몸을 이리저리 뒤틀며 만족감을 드러냈다.

"황제 폐하께서 특사 파견을 매우 훌륭한 계획이라고 생각하시는군요."

조선어를 어느 정도 알아듣는 영국인 편집장 베델이 어깨를 으쓱하며 소녀에게 설명했다. 황제와 용 대감은 잠시의 멈춤도 없이 소통을 이어갔다.

그러나 바로 그때, 갑자기 황제의 어조가 높아지더니 노기를 띤 듯한 목소리가 터져 나왔다. 당황한 용 대감이 황제를 진정시키려는 듯 무언가 간절히 애원하며 조선말을 쏟아냈다.

무슨 내용인지 정확히 이해할 수 없었지만, 한 가지 분명한 것은 황제가 어떤 부분에서 강하게 저항하고 있으며 이건 결코 타협의 대상이 될 수 없다는 태도를 고수한다는 점이었다.

그 순간이었다. 황제의 등 뒤로 희미한 불빛이 귀신불처럼 깜빡이기 시작했다.

"이봐! 거기 누구야!"

어둠 속에서 날카로운 일본어 외침이 섬광처럼 터졌다. 검은 그림자를 드리운 나무들을 배경으로 희미한 빛이 번쩍이자, 좁은 새장 속에 갇힌 새처럼 자유를 박탈당한 채 살아가던 황제가 안타까운 듯 신음을 흘렸다. 그가 깊은 밤중 침실을 몰래 빠져나왔다는 사실을 눈치챈 일본 경비대가 궁 주변을 수색하고 나선 것이 분명했다. 황제는 절망스러운 표정으로 힘없이 고개를 떨궜다.

"빨리! 빨리 움직여!"

우리 뒤로 밝은 등불이 번쩍이며 어둠을 몰아냈다. 거친 일본어로 멈추라는 외침이 귓가를 때렸다. 매서운 휘파람 소리가 밤의 정적을 깨자 어둠 속 어딘가에서 또 다른 소리가 응답했다.

황제는 더는 미련이 없다는 듯 홀가분한 표정으로 경운궁 방향으로 발걸음을 돌렸다. 일본인들에게 의도적으로 자신의 존재를 드러내 우리를 지키려는 의도였다.

황제를 지켜보던 베델이 다급하게 몸을 돌려 소녀의 손을 잡아끌었다.

우리는 질척거리는 땅바닥을 뛰어 연못가에서 벗어나, 날카로운 가시가 돋친 덤불 속으로 도망쳤다.

야생 잡초들이 꽤 억세고 날카로웠다. 그 덕분에 우리는 추격해 오는 일본군들의 매서운 눈을 피할 수 있었다. 그들은 사람의 발길이 거의 없던 경복궁 연못 주변 덤불까지 수색할 생각은 하지 않는 듯했다. 늦은 밤 홀로 산책에 나선 황제를 발견해 궁궐로 데려간 것만으로 만족하는 눈치였다.

일본인들이 사라지자 우리는 비를 피해 경복궁 내 낡은 처마 밑에 모였다. 일본인들의 눈을 피해 우리가 만날 자리를 다시 만들 수 있다고 장담할 수 없기에, 여기서 중요한 논의를 모두 끝내기로 했다.

용 대감은 우리에게 황제와 나눈 짧지만 중요한 대화 내용을 요약해서 설명했다. 황제는 헤이그로 특사를 파견하자는 우리의 계획에 깊은 감명을 받았고, 대표단 가운데 한 명으로 그를 지목했다고 한다. 그러나 특사들이 회의에 들고 갈 신임장에 서명해 달라는 요청은 단호하게 거부했다고 덧붙였다.

"폐하의 말씀이 옳습니다."

용 대감은 황제의 깊은 뜻을 이해한다는 듯 고개를 끄덕이며 설명했다.

"폐하께서는 그 어떤 국서에도 서양식으로 서명을 남기신 적이 없습니다. 중요한 국가 문서에 옥새만 사용하신다는 확고한 원칙을 고수하고 계시죠. 그랬던 황제가 돌연 밀서들의 신임장에 서명을 한다면 헤이그 현장은 당연히 밀서의 정당성을 의심할 수밖에 없겠죠. 폐하께서는 조선 태조 때부터 이어져 내려온 신성한 정령을 담아 대한제국 출범 이후 새로 만든 귀한 옥새를 써야 한다고 강조하셨습니다."

"아, 이런!"

베델은 답답하다는 듯 짜증 섞인 목소리로 말했다.

"아까 황제와 조선어로 나눈 이야기를 대강 알아들었습니다. 지금 황제께서는 중요한 옥새를 마음대로 쓸 수 없어요. 대한제국 국새는 일본인들이 감시 중이고, 황제께서 몰래 쓰려고 만든 어새는 왕실 사찰인 금강산 유점사[121]에 숨겨뒀답니다. 이 절의 고승들이 누구에게도 옥새를 내어주지 않겠다고 약속했다고 하더군요. 그러니까 그 도장 없이는 신임장 날인도 불가능하고 헤이그 특사 파견 계획 또한 물거품이 될 수 있어요."

베델의 불평을 들은 소녀가 그를 잠재우듯 차분하면서도 확신에 찬 어조로 말했다.

"그렇다면 지금 우리가 해야 할 일은 하나뿐이네요. 최대한

---

121 조선 시대는 숭유억불 정책에 따라 사찰들을 탄압했다. 그런데 제7대 왕인 세조가 금강산 유점사를 방문한 뒤 왕실의 복을 비는 원당으로 지정했고, 이후 조선 왕실은 이 사찰을 지속적으로 후원했다.

빨리 금강산으로 달려가 옥새를 찾아오는 것이죠."

"맞습니다. 그것 말고는 다른 방법이 없어요."

용 대감이 맞장구를 치더니 말을 더했다.

"조금 전 일본인들이 들이닥쳤을 때, 황제 폐하께서 서둘러 저에게 이것을 건네셨습니다. 황제의 신성한 증표이자 행운을 가져다주는 부적입니다. 이 귀한 물건을 유점사 주지에게 보여주면 우리의 계획이 황제의 명령에 따른 것임을 이해하실 겁니다."

용 대감이 정교하게 세공된 옥 조각을 꺼냈다. 매끄럽고 차가운 표면에 해석되지 않는 복잡하고 미묘한 문양이 새겨져 있었다. 조선의 전통문화에서 모든 복의 근원을 상징하는 이 부적은 황제에게 아버지의 신주 다음으로 소중한 물건이라고 했다.

우리는 어둠 속에서 희미하게 빛나는 옥돌을 중심으로 둥그렇게 모여 황제의 옥새를 가져올 계획을 논의했다. 서울에서 금강산에 가려면 덜컹거리는 기차와 가마, 먼지 날리는 마차를 타고 사흘을 달려가야 했다. 용 대감과 나는 모험의 위험성을 고려해 남성들만 가겠다고 했지만 소녀는 이토록 중차대한 임무에서 자신이 빠질 수 없다며 동행을 고집했다.

결국 일본의 '요시찰 인물'인 베델만 작전에서 빠지기로 의견을 모았다. 모두의 안전을 위해서였다. 일본인들의 눈을 피해 은밀히 움직여야 하는 상황에서 그가 서울에서 사라지면 무슨 일이 벌어질지 잘 알고 있어서였다.

용 대감과 나, 소녀가 금강산에서 무사히 옥새를 회수해 오기가 쉬운 일은 아니었다. 그래도 우리에게는 일본 제국의 방해라는 악귀를 물리쳐 줄 수도 있을 행운의 옥돌 부적이 있었다. 무엇보다도 앞날의 위험 따위는 아랑곳하지 않는 '젊음'이라는 동맹군이 우리의 팔꿈치를 찌르며 모험을 종용하고 있었다.

소녀는 즉석에서 이번 작전의 이름을 '헤이그의 보석'으로 정했다. 황제의 비밀 어새가 만국평화회의의 판도를 뒤흔들 귀하고 강력한 위력을 가졌다는 의미를 담고 있었다. 빗방울이 잦아드는 경복궁의 낡은 처마 밑에서 우리는 거대한 국새 회수 작전의 세부 사항을 마무리했다. 굳은 결의를 담아 서로의 손을 굳게 맞잡은 뒤 각자 발걸음을 옮겼다.

용 대감이 굳게 잡은 손을 따뜻하게 놓아주며 가장 먼저 사라졌다. 베델도 광화문에 자리한 신문사로 돌아갔다. 나 역시 소녀와 함께 미로처럼 복잡하게 얽힌 궁궐을 빠져나와 애스터하우스 호텔로 향했다.

07. 금강산 찾아간 일행

 조선에는 아주 오랜 전설이 있다. 바로 '모든 용은 금강산에 새끼를 낳는다'는 것이다. 외국인들이 '다이아몬드 마운틴'으로 부르며 경탄한 이 산의 기묘한 봉우리는 마치 거대한 용이 잠들어 있는 형상 같다. 중국의 고대 병풍 속 비현실적 풍경이 현실로 뛰쳐나온 듯 아찔하게 펼쳐진 협곡과 허리마다 자욱한 안개를 두른 소나무 군락은, 신선이 먹으로 농담濃淡을 조절해 그린 거대한 산수화라 할 수 있다.

 소녀와 나, 용 대감은 해가 꼬박 세 번 뜨고 지는 거리를 달려온 뒤에야 신화처럼 아득한 금강산의 장엄한 형상을 마주할 수 있었다.[122]

 마지막 햇살이 산봉우리에 걸려 검붉게 부서지기 전 소녀는 산 아래 마을에서 급히 구한 장정들이 어깨에 둘러멘 가마를 타고 산길을 올랐다. 나와 용 대감도 말없이 뒤를 따르며 거친 흙길을 헤쳤다. 조선에서 야생의 땅을 직접 밟아본 것은 처음이었다.

 산 중턱에 다다랐다. 언제 입적했는지 기억하는 이 없는 옛 주지 스님들의 사리를 모은 석탑이 여기저기 흩어져 그림자를 드

---

122 금강산이 지금처럼 유명 관광지로 개발된 것은 일제가 1923년 금강산 철도를 부설하고 관광 산업을 활성화하면서부터다. 이 소설의 배경인 1907년에는 금강산 철도는 물론 경원선도 없었다. 서울에서 금강산까지 가는 데 5~6일 정도가 걸렸을 것으로 추정된다.

리우고 있었다.

깨달음의 상징인 부처는 저 멀리 안개 너머에 있는 듯 아득하기만 한데, 발밑의 험준한 산봉우리와 말라붙은 고사목에 깃든 사나운 영령들은 금방이라도 살기를 내뿜으며 우리에게 달려들 것 같았다.

입적한 지 수백 년은 됨 직한 노승의 탑에 커다란 두꺼비 한 마리가 섬세하게 양각돼 있었다. 산스크리트 원형의 가르침에 한반도 토착 샤머니즘이 뒤섞여 있음을 잘 보여줬다. 이 땅에서 불교가 어떻게 발전했는지 알 수 있었다.

먼 옛날 인도의 문수보살이 53불상을 종 속에 넣고 배에 띄워 보냈는데, 그것이 900년 만에 금강산 동쪽 포구에 도착했다. 본래 금강산의 연못에는 아홉 마리 용이 터줏대감처럼 살았는데 늘 못된 짓만 하기에 53불이 타일렀지만 "이 산은 원래 우리가 살던 곳이다. 너희 53불이 물러나라"고 저항했다. 53불이 금강산에 절을 지으려 하자 용들은 천둥과 번개, 비를 일으켜 방해했다. 결국 53불이 느릅나무 위로 올라가 종이에 주문을 적어 연못에 던졌더니 물이 펄펄 끓어 구룡이 달아났다고 한다. 이렇게 '느릅나무가 있던 언덕에 세워진 절'이 유점사楡岾寺다. 참으로 낭만적인 전설이 아닐 수 없다.[123]

---

[123] 유점사 창건 설화는 한국 불교가 372년 고구려 소수림왕, 384년 백제 침류왕, 6세기 신라 법흥왕 때 북방 육로를 통해 받아들여진 시기보다 훨씬 먼저 남방의 바닷길로 전해졌음을 의미한다. 53불이 아홉 마리 용과 싸웠다는 것은 초기 불교 유입 과정에서 토착 신앙과의 충돌이 적지 않았음을 상징하는 것으로 해석된다. 안타깝게도 유점사는 1951년 6·25전쟁 도중 미군의 폭격으로 사라졌다. 지금은 동종과

까마득한 협곡 위 낡은 나무판자로 얼기설기 엮어 만든 흔들다리는 걸음을 옮길 때마다 지옥의 입구처럼 삐걱대며 온몸의 무게를 위태롭게 받아냈다. 석양의 잔광과 산그림자가 뒤섞여 이승과 저승의 경계 같은 분위기를 자아냈다. 정체를 알 수 없는 공포와 모든 것이 사라질 듯한 공허, 그리고 한 치 앞을 내다볼 수 없는 불안감이 밀려왔다.

우리는 태초의 신들이 거닐던 금단의 영역, 시간마저 흐름이 끊긴 듯한 원시의 땅을 걷고 있었다. 미국과 유럽에서 국제적인 감각을 체득한 용 대감은 무언가 깊이 상념에 잠긴 표정으로 발걸음을 옮겼다. 저 멀리 부처의 성전이 희미하게 모습을 드러냈다. 그가 홀연히 일행을 앞질러 선두로 나섰다. 그의 얼굴이 더욱 진지해졌고 어떤 난관이라도 헤쳐나가겠다는 의지로 빛났다.

금강산에는 독특한 인간 공동체가 숨어 있다. 한때 이 땅의 국교로 영화를 누렸으나 지금은 빛바랜 유산이 된 불교를 힘겹게 붙들고 있는 유점사의 승려와 수행자들이었다. 그들은 사라지는 조선의 석양 속에 남은 마지막 불씨 같았다. 1000년 전부터 역사의 흐름에서 벗어나 자신들만의 세계를 구축했다. 이들은 가난하게 살기를 맹세하고 청빈한 삶을 최고의 가치로 여겼다. 고된 노동과 타인에 대한 적선을 통해 존재의 의미를 추구했다.

땅거미가 짙어져 사물의 윤곽마저 흐릿해질 무렵 우리는 작은 고원 위에 다다랐다. 우리의 길고 험난한 여정의 최종 목적지 유점사였다. 서양에서 십자군이 성지 예루살렘을 향해 진격하던

화강석 9층 탑만 남아 있다.

격동의 시기에 만들어졌다는 거대한 청동 범종[124]이 있었다. 기도 시간을 알리는 데 쓰이는 이 종이 장엄하면서도 은은한 소리를 내기 시작했다. 우리의 영혼이 부처 쪽으로 끌려가는 듯한 착각을 불러일으켰다.

승려들이 저녁 예불을 위해 등불 속 심지 하나하나에 불을 붙이고 있었다. 작은 불빛들이 어둠 속에서 깨어나며 성스러운 공간을 밝혔다. 소녀를 내려놓은 일꾼들은 자기 일이 끝났다는 안도감 때문인지, 아니면 도깨비들의 손아귀에서 벗어나 신성한 땅으로 들어섰다는 기쁨 때문인지 콧노래를 흥얼거렸다.

저녁 예불이 시작됐다. 말끔히 삭발한 승려들과 어린 사미승들이 족히 100명은 돼 보였다. 이들이 한목소리로 염불을 외자 그 소리가 산사의 밤공기를 가르며 멀리 퍼져나갔다. 칠흑같이 캄캄한 하늘과 기세등등한 산의 정령들, 온 세상을 잠재우는 종소리, 부처를 위한 주문이 한데 뒤섞여 이 세상이 아닌 것 같은 특별한 느낌을 자아냈다.

우리 일행도 잠시 법당에 들러 예를 표한 뒤 종섭이라는 법명의 주지 스님을 찾아 나섰다. 종섭 스님은 사람 좋은 웃음을 머금은 유쾌한 인상의 중년이었다. 그는 우리를 반갑게 맞이하더니 법당 한쪽 구석의 조용한 공간으로 안내했다.

제단 위에는 거대한 금빛 부처상이 안치돼 있었고 부처의 무릎 높이에서 피워 올린 기름등잔 두 개가 가물거리며 긴 그림자를 만들어 내고 있었다. 세속의 번뇌를 초월한 부처가 얇고 가

---

124 1469년에 처음 제작됐고 지금의 종은 1729년에 새로 만들었다.

늘게 뜬 눈으로 더할 나위 없이 평화로운 미소를 머금고 말없이 세상을 굽어보고 있었다.

사찰 안 승려들과 사미승들은 예상치 못한 이방인들의 등장이 신기했던지 조금이라도 더 가까이서 지켜보려고 몸싸움을 벌였다. 그러나 종섭 스님은 그런 소란에도 아랑곳없이 해탈의 경지에 이른 듯 세속의 일에 놀라거나 동요하는 기색을 드러내지 않았다.

용 대감은 이 깊은 산속 사찰까지 힘들게 찾아온 진짜 이유를 밝힐 수 없었다. 호기심으로 가득한 빛나는 눈들이 우리를 주시하고 있었기 때문이다. 일단 그는 정중하게 그럴듯한 다른 이유를 둘러댔다.

"미국인 두 분이 이 아름다운 사찰의 명성을 듣고는 장엄함을 직접 체험하고 싶다고 해서서 여행의 불편을 무릅쓰고 이곳까지 모셔 왔습니다."

우리는 주지 스님을 따라 부처가 명상에 잠길 때 취한다는 고행과도 같은 자세로 앉아 2시간 넘게 지루한 대화를 이어갔다. 마음이 급해진 소녀가 용 대감에게 "귀중한 하루가 쏜살같이 지나갔다"고 눈치를 줬다. 용 대감은 그런 소녀를 나직이 타일렀다.

"이곳은 '서두르세요'라는 단어가 존재하지 않는 느림의 세계입니다. 당신도 이 점을 기억해야 합니다."

날이 저물자 우리는 잠자리로 안내됐다. 외부에서 온 손님들을 위해 급하게 마련된 처소치고는 상당히 깨끗했다. 소녀를 위한 작은 방도 준비됐다.

잠자리에 들기 전 소녀가 작은 목소리로 나를 불러냈다.

"빌리."

그녀의 목소리에 숨길 수 없는 신경질과 피로감이 실려 있었다.

"여기서 이렇게 보이지도 잡히지도 않는 무언가를 찾고 있느니, 2년 전처럼 승냥이 같은 하기와라와 다시 싸우는 편이 낫겠어요. 여긴 우리 같은 사람들이 있을 세상이 아니네요. 이 험한 금강산까지 어렵게 와서 왜 이리도 무의미하게 시간을 버리는지 모르겠어요. 이러다가 모든 것을 잃고 또 한 번 실패하지 않을까 두려움이 들어요."

유점사의 하루는 새벽 4시에 시작됐다. 왕실 사찰인 이곳의 아침 예불은 다른 사찰과 비교할 수 없을 만큼 성대했다. 나는 한자로 커다랗게 이름이 쓰인 법당 앞으로 갔다. 태양이 조금씩 솟아올랐지만 아직 사찰까지 그 빛이 이르지 않았다. 밖에 신발이 길게 놓여 있는 것으로 보아 많은 스님이 졸음을 이겨내고 일과를 시작한 상태였다.

안으로 들어가니 법당의 바닥이 매끈한 기름종이로 덮여 있었다. 스님들이 책상다리를 하고 앉아 있었다. 유리 속에 보관된 성물함 앞에서 하나뿐인 작은 등불이 타고 있었다. 유럽에서 온 것으로 보이는 등불은 제단에 걸려 있는 미국식 자명종과 함께 동양적인 사찰 분위기에 이질감을 제공했다.

본존불 앞에서 작은 향 하나가 서서히 타 법당 구석구석을 채우고 있었다. 따로 앉아 있는 스님 한 명이 대나무 막대로 염불에 박자를 넣고 있었다. 태고의 노래를 생각나게 하는 아름다운 리듬에 의지한 예불은, 기묘한 화음과 풍부한 모음으로 보아 인도에서 온 것이 분명했다. 때로는 급하고 격렬하게, 때로는 장엄하고 부드럽고 듣기 좋고 유연하게 흘러갔다.

다른 스님이 염불에 맞춰 천장의 튼튼한 줄에 매달린 종을 당기자 위엄 있는 소리가 울려 퍼졌다. 잔잔히 스며드는 음색이 마음을 진정시키는 특별한 힘을 갖고 있었다. 스님들이 침묵의 상념에 잠길 수 있게 하는 동시에 꿈나라에 빠져들 수 없게 만드는 아주 좋은 명상 훈련이었다.

어느새 봉우리 사이로 햇살이 퍼지자 오랜 세월 거친 비바람에 침식돼 회색빛을 띤 바위의 한 면에, 더없이 평온한 미소를 머금고 선정禪定에 든 부처의 신비로운 얼굴이 모습을 드러냈다.

불교식 아침 식사로 잣과 꿀이 제공됐다. 소박하지만 맛이 제법 괜찮았다. 소녀는 가방 속에 비상용으로 챙겨 온 비스킷을 꺼내 곁들였다. 식사를 마치고 우리는 주지 스님을 다시 만나고자 명부전으로 향했다. 사람이 죽은 뒤 저승에서 차례대로 열 번의 엄중한 심판을 받는다는 섬뜩한 내용의 그림이 벽면 가득 그려져 있었다. 인간에게 차가운 죽음의 바람이 불어오면 누구도 예외 없이 시왕十王들의 심판대 앞에 서야 하니 살아있는 동안 선하고 올바르게 살아야 한다는 준엄한 계시가 담겨 있었다.

법당 내부는 수많은 승려가 밤새 밝혀 든 초에서 피어오른 연기로 검게 그을렸다. 천장에는 거대한 박쥐가 날개를 늘어뜨린 듯 검붉은 천들이 매달려 있었다. 가물거리는 촛불의 불꽃이 타올랐다 꺼질 때마다 벽화 속 지옥도에 그려진 희생자들의 입이 고통 속에 경련하며 벌어졌다가 닫혔다가를 반복했다. 그림 속 연옥의 시뻘건 불길이 살아있는 것처럼 이글거리며 타올랐다 사라졌다. 등골을 타고 서늘한 냉기가 오싹하게 흘러내렸다.

나와 소녀는 이곳이 너무도 무서웠지만 종섭 스님은 자신이 가장 좋아하는 장소라고 설명했다. 이날도 우리는 스님을 따라서 방석 위에 책상다리로 앉았다. 어제와 달라진 점이 있다면 이제 용 대감의 눈빛 속에서도, 전날 소녀의 얼굴에서 본 깊고 어두운 불안의 그림자가 느껴지기 시작했다는 것이다.

용 대감과 주지 스님은 어제와 마찬가지로 서양식 논리학으로는 영원히 의미를 파악할 수 없는 선문답 같은 대화를 이어갔다. 마침내 용 대감이 동양 특유의 길고 장황한 서두를 끝내고 늦게나마 본론을 꺼내 들었다. 지금 조선의 수도 서울에서 얼마나 시국이 위태롭게 변하고 있는지를 차분히 설명한 뒤 우리가 이 험난한 길을 마다하지 않고 유점사까지 찾아온 진짜 이유를 설명했다. 황제가 몰래 맡겨놓은 비밀 옥새를 돌려달라는 요구 말이다.

주지 스님은 용 대감의 이야기를 한 마디도 놓치지 않으려는 듯 신경을 집중해서 듣고 있었다. 평온하기만 하던 그의 표정에 처음으로 감정의 동요가 일어났다. 전혀 상상하지 못한 내용이었던 것 같다. 용 대감이 자신의 도포 자락에서 황금색 비단으로 곱게 싼 작은 보자기를 꺼내 펼치더니 그 안에 고이 간직해 온 투명한 옥돌을 내보였다.

"이것이 바로 황제 폐하의 명을 입증하는 징표입니다. 폐하께서 '선왕들의 영이 깃든 성스러운 옥새를 궁궐로 다시 안전하게 모셔 오라'고 명하시며, 그 증표로 행운의 부적을 전달하셨습니다."

주지 스님의 하얀 눈썹이 놀라움으로 치켜 올라갔다. 그는 믿을 수 없다는 듯 숨을 크게 들이켜더니 잔뜩 쉬어버린 목소리로 말을 이었다.

"틀림없군요. 하늘의 명을 받으신 분께서 내리신 준엄한 지시임이 확실합니다."

스님이 깊은 상념에 잠긴 듯 침묵에 잠겼다. 그러더니 조용히 자리에서 일어나 방 안쪽 어딘가로 사라졌다. 오래된 나무문이 삐걱거리며 열리는 소리가 들렸다. 잠시 뒤 선반 깊숙한 곳에서 무언가를 꺼내는 듯 덜그럭거리는 소리가 새 나왔다.

다시 돌아온 스님의 두 손에 진귀한 보랏빛 비단 보자기가 들려 있었다. 그는 아무 말 없이 원래 자리에 조용히 앉아 매듭을 풀더니 알아들을 수 없는 염불 몇 개를 엄숙하게 외웠다. 우리는 모두 마른침을 삼키며 고개를 바짝 가져갔다. 매듭은 마치 수백 년 동안 한 번도 풀린 적 없는 것처럼 단단하고 복잡하게 묶여 있었다. 이걸 푸는 데도 한참이 걸렸다. 마침내 여러 겹의 비단이 벗겨지자 검은 옻칠을 한 쇠붙이 함이 모습을 드러냈다.

주지 스님이 깊게 숨을 내쉰 뒤 함을 열었다. 살아있는 것처럼 맑고 투명한 수정에서 영롱한 빛줄기가 퍼져 침침한 법당 안을 환하게 비추었다. 세상에서 가장 순수하고 신비로운 재질의 물체 위에 고대의 신성한 표의문자가 섬세하게 새겨져 있었다. 완벽한 사각형 모양의 명패였다. 그 위 손잡이 부분에는 상서로운 동물로 알려진 거북이가 위엄 있는 모습으로 앉아 있었다.

바로 대한제국 황제어새皇帝御璽였다. 단군 신화로 태어났다는 조선이라는 나라가 한반도에 터를 잡은 뒤로 옥새는 이 땅을 지배해 온 군주의 권위를 드러내는 절대적인 상징이자 성스러운 표시였다.

08. 옥새를 만난 일행

 눈앞에 펼쳐진 광경은 시간을 거슬러 올라가 고대 왕국의 숨결이 느껴지는 완벽한 아름다움 그 자체였다. 우리는 꼼짝없이 그 자리에 돌처럼 굳어 버렸다. 용 대감은 신성한 물건을 대하듯 두 손을 모으고 조용히 옥새를 응시했다. 상기된 그의 뺨이 붉게 물들었다. 이윽고 존경과 경외가 뒤섞인 표정으로 무릎을 꿇었다. 살아있는 황제에게 예를 올리듯 옥새를 향해 깊숙이 머리를 숙였다.

 조선에서 몇 안 남은 애국자 용 대감에게 왕권의 상징인 '헤이그의 보석'은 섬뜩한 두려움마저 안겨주는 듯했다. 아마도 영국인들이 런던탑의 어둠 속에서 빛나는 참회왕 에드워드[125]의 왕관[126]을 마주할 때 느끼는, 형언할 수 없는 압도감과 비슷한 감정이었을 것이다.

 그런데 용 대감의 행동에는 영국인들의 그것과는 분명히 다른 기류가 담겨 있었다. 황제에 대한 존경심뿐 아니라 조선인의 마음 깊숙이 뿌리내린 주물숭배呪物崇拜 사상 말이다. 그는 옥새 자체에도 신비롭고 영험한 기운이 깃들어 있다고 믿는 듯했다.

 소녀가 카랑카랑한 목소리로 어색한 침묵을 깨뜨렸다.

 "자! 이제 우리가 그토록 찾아 헤매던 것을 손에 넣었으니 지

---

125 잉글랜드 웨섹스 왕조 제9대 국왕.
126 영국 역대 국왕들이 대관식 때 머리에 쓰는 관.

금이라도 빨리 서울로 떠나는 것이 좋겠어요. 지금쯤이면 일본인들이 우리를 매의 눈으로 찾기 시작했을 테니 서둘러야 합니다."

용 대감이 주지 스님에게 소녀의 요청을 조선어로 전했다. 그런데 스님은 그 말을 듣자마자 믿을 수 없다는 표정을 짓더니 재빨리 보관함의 뚜껑을 닫아 자신의 품으로 끌어안았다. 그의 얼굴에 짙은 공포가 드리워져 있었다. 곧바로 용 대감에게 알아들을 수 없는 말로 응대했다. 용 대감이 그 내용을 통역해 알려 주었다.

"주지 스님께서 '하늘로 기도를 올려 허락을 받은 뒤 길한 날을 살펴보기 전까지는 옥새를 절 밖으로 가져갈 수 없다'고 하십니다."

소녀는 어처구니없다는 듯 눈살을 찌푸리며 차갑게 토로했다.

"정말 터무니없는 소리네요! 이건 그저 수정 덩어리에 무늬를 새겨 만든 장식품일 뿐이라고요!"

소녀의 날카로운 목소리에 주지 스님이 격앙된 표정으로 거친 현지어를 마구 쏟아냈다. 불쾌감과 경멸이 뒤섞여 있었다. 그중 몇몇 단어는 조선어에 익숙하지 않은 나조차도 알아들을 수 있었다. "불운", "부정하다", "불경스럽다" 등등….

용 대감은 정중한 태도를 잃지 않고 주지 스님의 말을 경청했다. 스님의 항의가 끝나자 그는 침착하게 소녀를 바라보며 입을 열었다.

"당신은 이해하지 못할 수도 있습니다만, 우리에게 옥새는 단순한 수정 조각이 아닙니다. 아득한 과거부터 이 땅의 모든 왕의 영혼과 염원이 깃든 신성한 유산이죠. 조선인인 나조차도 아직 옥새에 담긴 깊은 의미를 완전히 헤아릴 수 없을 정도니까요."

그가 말을 이어갔다.

"황제께서 비밀리에 옥새를 유점사로 보내 선왕들의 제단 앞에 두셨을 때부터 '헤이그의 보석'은 이 신성한 제단의 일부가 됐다고 합니다. 이제 황제께서 직접 오셔서 돌려달라고 해도 선왕들께서 그걸 허락하신다는 징후가 없다면 가져갈 수 없다고 합니다."

나는 뱃속부터 차오르는 조바심을 간신히 누르며 물었다.

"그렇다면 이분들이 선왕들의 계시를 받으려면 시간이 얼마나 걸릴까요?"

용 대감이 난감한 표정으로 답했다.

"우선 며칠간 엄격한 금식 기간을 가져야 합니다. 그 뒤에 신성한 바위나 오래된 나무 등에 '옥새를 가져가도 좋다'는 징조가 나타났는지 꼼꼼히 살펴봐야 한답니다."

그의 목소리에 조선의 전통 절차에 대한 존중이 묻어났다.

"용 대감!"

소녀가 믿을 수 없다는 듯 눈을 동그랗게 뜨고 소리쳤다.

"설마 대감께서도 그런 터무니없는 이야기를 진심으로 믿고 계신 건가요?"

그녀의 목소리에 분노와 실망감이 묻어 나왔다. 조선 애국자의 얼굴에 어색하고 난처한 미소가 스쳐 지나갔다. 그는 당황한 듯 재빨리 손가락을 펼쳐 입가를 가리더니 좌우로 흔들었다.

"아니요! 절대로 아닙니다! 저는 이분들과 다른 세계에 살고 있어요. 하지만 앞서도 말씀드렸듯, 이곳 스님들에게 시간이라는 개념은 우리와 전혀 다른 의미를 갖지요. 어느 나라에나 오랜 세월 이어져 내려온 전통과 관습이 있지 않나요. 저는 그저 전통과 관습을 인정하는 것뿐입니다."

그는 어색한 웃음을 지으며 재빨리 말을 마쳤다. 내가 바로 반박에 나섰다.

"용 대감의 입장은 충분히 이해합니다. 하지만 조선 황제의 신임장을 헤이그로 보내고자 최대한 빨리 행동하라고 촉구하신 분은 누구시죠? 지금이 벌써 6월인데, 헤이그 만국평화회의가 이미 시작됐을지 모릅니다. 헤이그는 지구 반대편에 있어요. 우리가 지금 당장 옥새를 손에 쥐고 서울로 간다고 해도, 황제의 신임장을 준비해 날인하고 특사들의 출국까지 준비하려면 할 일이 산더미라고요! 조선의 운명이 '헤이그의 보석'에 달려 있다는 사실을 잊으셨습니까?"

내 강력한 항의에 용 대감이 정신을 차린 듯 주지 스님을 붙들고 길고 지루한 논쟁을 재개했다. 스님은 비밀 옥새에 새겨진 거북이처럼 그 자리에서 미동도 없이 앉아 있었다. 그의 태도는 초연했고 서두르는 기색이라고는 찾아볼 수 없었다. 시간을 초월한 동양의 신적 존재처럼 보였다. 용 대감이 조선말로 강하게 무언가를 요구했지만 그는 온화한 미소를 잃지 않은 채 고개를 가로저으며 자리에서 일어섰다. 신성한 보물함을 두 팔로 소중히 감싸안더니 어두컴컴한 방 안으로 걸어 들어가서 돌아오지 않았다.

우리는 이 상황을 답답하게 지켜볼 수밖에 없었다. 그런데 이번에는 용 대감도 깊은 명상에 들어가려는 듯 양쪽 무릎 위에 가지런히 손을 올려놓은 채 평화로운 자세를 취하는 것 아닌가. 오래된 그림 속에서 본 부처의 모습 그대로였다.

얼마 지나지 않아 종소리가 스무 번 가까이 울려 퍼졌고 산봉우리들이 서로 화답하듯 메아리를 만들어 냈다. 왠지 모르게 지옥의 엄숙한 심판과 뜨거운 고통의 불길을 연상시키며 무서운 공포를 만들어 냈다. 곧이어 사원의 승려들이 엄숙한 목소리로 염불을 외우기 시작했다.

"나무아미타불, 나무아미타불…."

그들의 목소리가 사찰을 가득 채우자 알 수 없는 긴장감이 방 안을 채웠다. 소녀는 한 번도 경험해 보지 못한 동양의 모습에 기겁한 듯 창백한 얼굴로 말했다.

"맙소사! 지금 무슨 일이 벌어지고 있는 건지 이해가 안 돼요. 더는 여기에 못 있겠어요!"

그녀가 떨리는 목소리로 자리에서 일어나 절 입구 쪽으로 뛰어갔다. 나도 재빨리 그녀를 따라나섰다.

용 대감은 여전히 무릎 위에 손을 포갠 채 미동도 없이 앉아 있었다. 주지 스님과 마찬가지로 그의 얼굴에서도 어떤 감정의 변화도 읽을 수 없었다.

소녀와 나는 절 밖으로 나와 눈부시게 햇살이 쏟아지는 거대한 소나무 아래를 함께 걸었다. 낡은 사리탑 사이를 지나 원시의 푸른 생명력이 가득한 숲속으로 발걸음을 옮겼다.

멀리서 들려오는 종소리가 은빛 모래 소리처럼 부드럽게 잦아들었다. 낮게 웅얼거리는 염불 소리도 자연의 일부인 양 희미하게 변해갔다. 깎아지른 듯 솟아오른 바위들은 하늘의 푸른빛을 배경 삼아 웅장한 자태를 드러냈고, 푸른 이끼들 역시 두꺼운 양탄자처럼 푹신하게 내려앉아 있었다. 바위틈 사이로 맑고 차가운 물이 흘러내려 거품을 일으켰고, 물방울들도 햇빛에 반사돼 영롱하게 빛났다. 금강산 깊숙한 곳에 숨겨진 둘만의 비밀 정원 같았다. 소녀의 보라색 눈빛이 더욱 신비롭고 아름답게 빛났다.

이제 그녀는 푸석푸석한 가발과 짙은 화장으로 자신을 가리고 날카로운 말투로 우리를 홀대하던 신지학자가 아니었다. 2년 전 처음 만났을 때 본 순수하고 아름다운 소녀의 모습이 드러나자 내 가슴은 이유 모를 설렘으로 두근거렸다. 우리는 바람에 흔들리는 이름 모를 야생화들 한가운데 자리를 잡고 앉았다.

"빌리…."

소녀의 목소리가 한결 부드러웠다. 꽃들의 은은한 향기가 주변을 감쌌다.

"2년 전에도 느꼈지만… 우리가 지금 절대로 이길 수 없는, 너무도 거대한 상대와 싸우고 있다는 생각이 들어요. 우리가 진정으로 타도해야 할 대상은 잔인하고 저열한 일본인들뿐만이 아니라… 이 땅에 깊이 뿌리내린 동양적 운명론과 허무주의, 맹목적 미신인지도 모르겠어요. 작은 나뭇가지 하나로 거대한 바위를 들어 올리려고 애쓰는 듯한 무력감이 느껴져요."

소녀의 목소리에서 절망감이 배어났다. 나는 그녀의 어깨를 토닥이며 위로를 전했다.

"아직 실망하기에는 일러요. 작은 나뭇가지가 때로는, 아주 커다란 바위를 움직일 수 있는 강력한 지렛대 역할을 할 수도 있는 법이니까요."

이 말에 소녀가 슬픈 미소를 지으며 반문했다.

"용 대감은 전 세계에서도 보기 드문 엘리트예요. 자동차와 전기, 심지어 먼 곳과 소식을 주고받는 통신 기술의 원리도 잘 알고 계시죠. 상송이 흘러나오는 카페의 분위기를 즐길 줄 아는 분이기도 하고요. 그렇게 세상의 변화에 능통한 용 대감조차 저 오래된 조선의 낡은 사고방식의 틀을 깨지 못해 망설이고 있잖아요. 아까 우리가 절에서 나오기 직전 그분의 모습을 보셨죠? 마치 천 년이라도 묵묵히 앉아 기다릴 수 있다는 듯한 부처의 자세였어요. 빌리, 이 아름다운 금강산에서 우리는 철저히 외톨이예요. 이곳에는 조선의 독립을 위해 현실적이고 구체적인 행동에 나서는 것보다, 그저 무섭게 염불을 외우며 산의 정령에 의지하려는 사람들만 가득하다고요."

소녀의 목소리가 떨리기 시작했다. 이 나라의 일부 사고방식이 그녀에게 깊은 절망감을 안겨주는 듯했다. 축 처진 소녀의 어깨가 깊은 속마음을 고스란히 드러내고 있었다. 나는 그녀에게 조금이라도 힘을 주고 싶었다.

"용 대감은 틀림없이 잘 해낼 거예요. 그분은 현명하니까요. 고집 센 주지 스님과 쓸데없이 논쟁에 휘말리지 않고, 능숙하게 처신해서 옥새를 받아 올 수 있을 거라고 믿어요. 그분이 유점사라는 공간을 특별하게 생각하는 것은 당연한 일인지도 몰라요. 눈에 보이지 않는 세계에 대한 조선인들의 오랜 존경과 믿음이 용 대감의 핏속에도 녹아 흐르기 때문이죠. 그에게 필요한 건 강한 질책보다 약간의 자극일 수 있어요. 필요하다면 내가 그를 위해 악역을 맡을 테니 너무 걱정하지 말아요."

소녀가 촉촉한 눈으로 나를 바라보았다. 그녀의 눈빛이 그 어느 때보다 깊어졌다.

"빌리, 당신의 친구로서 물어볼게요. 여성인 내가, 가정에서 아이를 키우며 행복감을 느끼고 살아야 할 내가 왜 이 나라에 깊숙이 숨어 들어와서 일본인들과 목숨을 걸고 맞서 싸우는 걸까요? 왜 2년 전, 당신과 베델을 부추겨 늙은 군주를 상하이로 데려가자고 목숨을 걸게 했을까요? 왜 일왕의 생일에 조선 황제가 경운궁에서 빠져나갈 시간을 벌어 주기 위해 하기와라를 따로 불러내 입맞춤을 해야 했을까요? 며칠 전에는 텅 빈 경복궁 폐허 속에서 숨어 있어야 했고, 몇 달 뒤에는 베를린에서 일본 공사관 직원과 단둘이 저녁 식탁에 앉아 그를 유혹하고 있겠죠. 일본인들은 밤이 되면 여우 요괴가 여자로 변신해서 남자들을 홀린다고 믿죠. 어쩌면… 어쩌면 내가 바로 그 여우 요괴인지 모르겠어요."

그녀의 눈가에 커다란 이슬이 맺혔다. 나는 그녀의 손을 따뜻하게 감싸 쥐고 달랬다.

"아니에요. 당신은 그저 이 나라를 위한 위대한 임무를 수행하고자 첩보원으로서 할 수 있는 최선을 다하고 있을 뿐이죠. 당신은 그 누구도 아닌, 바로 당신이에요. 제발 스스로 자책하지 말아요."

소녀는 내가 계속해서 손을 잡고 있다는 것을 알아채지 못한 듯했다. 그녀도 내가 그래 주길 바라고 있었다고 생각했다. 나는 그녀의 눈물을 닦아주며 속삭였다.

"젊음이란 신이 우리에게 내려준 소중한 축복이죠. 남들 보기에 무모해 보일 수도 있는 이 모험도, 젊음이 있기에 가능한 것이니까. 그러니 슬퍼하지 말고 이 순간을 즐기면…."

그때였다. 갑자기 부드럽고 따뜻한 무언가가 내 입술에 포개졌다. 야생화들 사이에서 우리에게 어떤 일이 일어났는지 자세히 적지는 않으려고 한다. 다만 그날 이후 소녀는 '헤이그의 보석' 작전을 마무리한 뒤 나와 중요한 약속-자신이 누구의 아내가 될 수 있을지 진지하게 생각해 보겠다는-을 했다는 것만 밝히고자 한다.

그 뒤로 사흘이 더 흘렀다. 우리는 그 고요한 절에서 아무 진전도 얻지 못했다. 용 대감은 돌부처처럼 묵묵히 시간을 흘려보냈다. 더는 참을 수 없었다. 그에게 채찍을 들어야겠다고 생각했다.

"대감, 금강산에서 정령들의 승인을 기다리다가는 영원히 이 절에 발이 묶일지도 모르겠어요. 우리가 이렇게 하염없이 시간을 보내는 동안, 서울에선 우리를 찾는 일본인들의 감시망이 더욱 촘촘해질 겁니다. 그들은 필사적으로 우리의 흔적을 쫓아 이 깊은 산속까지 사람을 보낼 테고요. 그걸 정말 모르시는 겁니까?"

나는 용 대감을 똑바로 쏘아보며 날카로운 목소리로 다그쳤다. 그의 안일한 태도를 깨뜨리고 싶어서였다.

"혹시라도 당신이 그 신성한 황제의 옥새를 몰래 들고 도망치면 옛 왕들의 사나운 영혼이 당신에게 끔찍한 벌을 내릴까 봐 두려워하고 계신 건 아니겠죠?"

내 목소리에 노골적인 비난과 냉소가 섞여 있었다. 질문의 의도를 알아챈 용 대감의 얼굴에 분노가 드러났다. 그가 눈을 부릅뜨고 나에게 단호히 말했다.

"무슨 말씀입니까. 그런 게 아니라고 몇 번이나 더 이야기해야 하나요? 저는 샤머니즘을 숭배하는 사람이 아닙니다. 그저 이 땅에 이미 뿌리내린 관습을 함부로 깨고 싶지 않을 뿐이라니까요!"

그의 목소리가 크게 떨리고 있었다.

절에서 정성껏 준비한, 그러나 이제는 흥미를 잃어버린 저녁 식사를 마치고 우리는 다시 주지 스님의 방으로 갔다. 용 대감과 스님이 조선말로 알 수 없는 내용의 대화를 나누는 동안 나와 소녀는 그 옆에 앉아서 불안한 마음으로 그들의 입술을 바라봤다. 방 안에 긴장감이 무겁게 내려앉았다.

마침내 스님이 우리를 향해 환하게 웃으며 입을 열었다.

"정말 오래 기다리셨습니다. 내일부터 서른 명의 스님들이 선왕들에게 간절히 기도하며 금식에 들어갑니다. 여러분들이 옥새를 가져갈 수 있게 하기 위해서죠. 조만간 좋은 결과가 있을 것이니 절에 조금 더 머무르시며 마음 편히 기다려 주십시오."

내가 초조함을 감추지 못하고 다급하게 물었다.

"그 허락을 받을 때까지… 대체 얼마나 더 기다려야 하는 건가요?"

주지 스님이 온화한 미소를 지으며 의미심장한 어조로 답했다.

"오래 걸리지 않을 겁니다. 아무리 늦어도 한 달 안에는 끝나니까요."

나와 소녀는 서로의 얼굴을 마주 보며 경악할 수밖에 없었다. 한 달이라고? 조선의 운명이 촌각을 다투는 상황에서 한 달을 더 기다리라고? 그 시간을 기다려 옥새를 손에 넣으면 이미 헤이그 만국평화회의는 막을 내렸을지도 모르겠다. 절망감이 파도처럼 밀려왔다.

저녁 예불까지 모두 끝낸 밤이었다. 용 대감이 나를 조용한 곳으로 따로 불러냈다. 그의 얼굴에 이전에 한 번도 볼 수 없던 동요와 결연함이 뒤섞여 있었다.

"빌리…"

그의 목소리가 낮고 떨렸다.

"더는 안 되겠습니다. 내일 새벽 이곳을 떠납시다. 스님들이 새벽 4시에 모여 예불을 드릴 때 제가 몰래 법당 안으로 들어가 옥새를 훔쳐서 나오겠습니다."

그의 말에는 마지막 남은 용기를 쥐어짜는 듯한 절박함이 배어 있었다.

"오! 대감, 드디어 결단을 내리셨군요!"

나는 안도감과 기쁨이 뒤섞인 환호성을 터트렸다. 드디어 이 답답한 상황에서 벗어날 수 있다는 희망이 보였다.

"그렇소."

용 대감이 짧고 단호하게 대답한 뒤 방법을 설명했다.

"저는 주지 스님이 옥새를 담은 함을 어디에 뒀는지 봤습니다. 조선 역대 선왕들의 위패를 모셔둔 법당 안에 있죠. 내일 새벽 스님들이 예불 참석을 위해 자리를 비울 때 몰래 그곳에 들어가 옥새를 빼내 오겠습니다."

그의 눈에서 광채가 느껴졌지만 그 속에는 깊은 갈등과 불안감이 숨겨져 있었다.

"주지 스님께서 이 사실을 아시면 가만 계시지 않으시겠죠…."

내가 우려를 표시하자 용 대감이 손을 들어 말을 막았다.

"당연히 노하시겠지요. 하지만 아무리 화가 나더라도 연로하신 스님께서 우리보다 빠른 속도로 뒤쫓아 오지는 못하실 겁니다. '헤이그의 보석'을 서울로 옮겨 네덜란드로 보낼 밀사의 신임장에 날인하고 그걸 금강산으로 다시 가져와 스님께 용서를 빕시다. 그때는 스님도 우리를 이해하실 겁니다."

용 대감의 얼굴이 창백하게 질려 있었다. 그의 머릿속을 지배하는 엄청난 고뇌와 두려움을 읽을 수 있었다. 아직 가슴으로는 온전히 받아들이지 못하고 있었다. 그에게 너무도 어렵고 힘든 순간이었을 것이다.

09. 옥새 들고 탈출한 일행

 그날 밤 나는 까맣게 그을린 천장을 바라보며 뜬눈으로 밤을 새웠다. 새벽의 희미한 기운이 창틈으로 스며들기 직전, 나는 방에서 빠져나와 옆 독방에서 자고 있던 소녀를 깨웠다. 용 대감이 옥새를 들고나오면 곧바로 이 절에서 도망치기 위해서였다.
 얼마 지나지 않아 새벽을 알리는 종소리가 울려 퍼졌다. 유점사에 기거하는 승려와 신도들이 경건한 표정으로 예불을 드리고자 졸린 눈을 비비며 모여들었다. 긴장감 속에서 상황을 주시하던 용 대감이 결연한 표정으로 법당을 찾아갔다.
 잠시 뒤 그는 겉으로 드러나지 않은 공간의 작은 문을 열어 옥새를 감싼 비단 보자기를 들고나왔다. 곧바로 우리는 죽은 자들이 열 번의 심판을 받는 장면이 그려진 어두컴컴한 명부전을 지나 절 밖으로 빠르게 뛰어나왔다.
 옥새를 가져온 용 대감의 입술이 파랗게 질려 있었다. 움푹 파인 눈이 밤새 잠 못 이룬 사람처럼 퀭했고 얼굴에는 극심한 두려움의 그림자가 드리워져 있었다. 그의 불안한 심리 상태가 고스란히 느껴져 측은한 마음이 들었다.
 내가 대신 옥새 보자기를 들겠다고 말했지만 그는 고개를 가로저으며 가슴 쪽으로 더 깊이 옥새를 끌어안았다. 그가 스스로 선왕의 제단에서 훔쳐낸 것이기에 이에 대한 정령의 징벌도 혼자 짊어지겠다는 판단인 듯했다.

소녀는 그토록 원하던 옥새를 손에 쥐었다는 사실이 너무도 기뻤던지 만면에 웃음이 가시질 않았다. 우리는 좁은 오솔길을 종종걸음으로 달려 나갔다.

우리 귀로 끊임없이 "나무아미타불"을 외는 염불 소리가 들려왔다. 새벽 안개에 덮인 유점사가 서서히 멀어져 갔다. 용 대감은 아무 말도 없었지만 그의 입술은 악령을 쫓아내는 주문을 펼치듯 뭔가를 끊임없이 중얼거리고 있었다.

그는 옥새를 감싼 보자기의 끝자락을 움켜쥐고 가슴에 끌어안고 있었다. 어찌나 세게 잡고 있었던지 손가락에 핏기조차 보이지 않았다. 이제 우리는 '아홉 마리 용의 연못'이라는 뜻의 구룡연九龍淵으로 향하고 있었다. 크고 작은 아홉 개의 구멍이 마치 용이 몸을 비틀며 빠져나간 듯 독특한 모양을 이루고 있어서 붙여진 이름이었다.

용이 이 연못에 살았다는 이야기는 꽤 독창적이었다. 아직도 연못의 기이한 구멍들 사이로 끓는 가마솥에서 나온 듯 하얀 연기가 피어오르고 있으니 말이다. 웅장한 폭포에서 쏟아져 내리는 물줄기는 거대한 용이 하늘로 힘차게 승천하는 듯 장엄한 모습을 연상시켰다.

그때였다. 우리가 빠르게 연못 가장자리를 돌아갈 때, 우리 앞쪽의 커다란 바위 뒤에서 어두운 색의 작은 물체가 재빠르게 움직이는 것을 볼 수 있었다. 여우였다. 평소와 달리 이른 새벽부터 사람들이 부산하게 뛰어다니는 모습에 놀란 듯했다. 우리를 매서운 눈빛으로 바라보더니 날카로운 울음을 내지르고는 숲속으로 사라졌다. 상당히 소름 끼치는 소리였다! 2년 전 우리가 서울에서 황제를 탈출시키던 밤에 들은 검은 고양이의 그것과 너무도 흡사했다. 그 순간 말로 설명할 수 없는 불길한 예감이 다시 한번 뇌리를 스치고 지나갔다.

아니나 다를까. 이번에도 전혀 예상치 못했던 일이 벌어졌다. 고개를 돌려 용 대감을 쳐다보니 가슴에 총알이라도 맞은 사람처럼 두 눈을 크게 뜨고 비틀거리고 있는 것이 아닌가. 입은 커다란 동굴처럼 벌어져 있었고 비단 보자기를 움켜쥔 손도 심하게 떨리고 있었다.

"여우는… 여우는… 산신령의 계시를 받는 영물입니다!"

그가 절망적인 목소리로 간신히 말을 이었다.

"이것은 필시… 천지신명께서 우리에게 내리시는 엄중한 경고입니다! 절에서 옥새를 가져가지 말라는 경고!"

용 대감의 얼굴이 넋이 나간 사람처럼 창백하게 굳어 있었다. 바로 옆에서 이 광경을 지켜보던 소녀 역시 또 한 번 충격에 휩싸인 듯 숨을 들이켰다. 2년 전 황제의 발길을 돌리게 한 그 불길한 고양이의 악몽을 떠올렸기 때문이리라.

바로 그때 우리 아래쪽에서 믿을 수 없는 목소리가 들렸다.

"빌리! 용 대감! 어서 숨어요! 빨리요!"

누구도 예상하지 못한 베델의 목소리였다. 서울에서 우리를 기다리기로 한 그가 어떻게 여기까지 찾아온 거지?

그의 뒤로 질서 정연한 발소리도 다가왔다. 일본군 병사들임을 직감할 수 있었다. 우리가 유점사에서 허송세월하는 동안, 서울의 정보 당국이 행방을 수소문했고 이 깊은 금강산까지 사람을 보낸 것이다.

설상가상으로, 우리 위쪽 좁은 산길에서도 분노를 참지 못하고 씩씩거리며 다가오는 소리가 들려왔다. 황제의 옥새가 사라지면 정령들의 무서운 보복으로 평생을 끔찍한 고통 속에서 살게 될 것으로 믿고 있던 유점사 스님들이었다. 우리에게서 옥새를 되찾아 제자리에 돌려놓기 위해서였다. 일본군과 승려들 사이에 끼어 이러지도 저러지도 못하는 사면초가 신세가 되고 말았다.

숨을 헐떡이던 베델이 우리에게 빠르게 말을 꺼냈다.

"황제를 보필하는 대송에게서 급히 전갈을 받았어요. 일본인들이 당신들의 행방을 필사적으로 쫓기 시작했다고. 그들에게 옥새를 빼앗기면 모든 게 물거품이 되기에 이 사실을 알리고자 최대한 빨리 유점사로 달려왔어요. 지금 제 뒤로 일본군이 쫓아오고 있어요. 제가 어떻게든 시간을 끌어볼 테니 여러분은 숲에 몸을 숨겨 그들을 따돌립시다!"

그의 목소리에는 일본인들의 집요한 추적에 대한 두려움과 옥새를 반드시 서울로 가져가겠다는 의지가 함께 담겨 있었다. 소녀와 나는 재빨리 근처 원시림 속으로 몸을 숨겼다. 그런데 용대감은 여전히 기묘한 아홉 마리 용의 연못 앞에서 돌처럼 굳어 있었다. 온몸을 떨며 그가 굳게 믿는 정령들의 무시무시한 저주를 두려워하는 듯했다.

얼굴이 달아오른 베델이 "지금은 그 망령들의 저주보다 당장

쫓아오는 일본군의 총탄이 더 무섭다"고 설득했다. 그러나 용 대감의 귀에는 아무 말도 들리지 않는 것 같았다. 베델이 "계속 여기에 서 있을 거면 옥새라도 달라"고 애원했지만, 그는 고개를 저으며 완강히 거부했다. 그렇게 두 사람은 돌이킬 수 없는 황금 같은 5분을 연못 앞에서 허비했다. 숲속에 숨어서 이를 지켜보던 나와 소녀는 2년 전 서울에서 벌어졌던 악몽 같은 장면이 고스란히 재연되는 상황을 다시 한번 지켜봐야 했다.

마침내 일본군이 우리 가까이 모습을 드러냈다. 연못가에서 실랑이를 벌이던 용 대감과 베델을 발견했다. 병사 하나가 두 사람에게 "이른 새벽부터 무엇을 하고 있느냐"고 소리치며 용 대감에게 총을 겨눴다. 치외법권자가 아닌 그를 체포해 금강산에 온 진짜 의도를 알아내려는 속셈이었다.

용 대감은 여전히 신성한 옥새 보자기를 두 손으로 움켜쥐고 온몸을 바들바들 떨고 있었다. 그가 진정으로 두려워하는 것은 눈앞의 일본군이 쏟아내는 살벌한 위협이 아니라 자신이 훔쳐온 500년 왕국의 상징에 분노한 선왕들의 보복인 듯했다. 그는 온몸이 얼어붙어 제대로 된 대답조차 내놓지 못했다. 화가 난 일본군 병사가 그의 머리를 총으로 내리치려고 했다.

바로 그 순간 신문 편집장 베델이 재빨리 손을 뻗어 총을 붙잡더니 병사를 힘껏 밀쳐냈다. 곧바로 둘 사이에 격렬한 몸싸움이 벌어졌다. 일본군이 분을 참지 못하고 베델에게 방아쇠를 당겼다. 순식간에 총알이 발사돼 그의 팔을 스치고 지나갔다. 총소리가 산 전체를 뒤흔들었다.

그가 고통스러운 신음을 내며 그 자리에 쓰러졌다. 그 혼란스러운 틈을 노려 다른 일본군 병사가 용 대감을 거칠게 몰아붙였다. 완력에서 밀린 용 대감은 들고 있던 비단 보자기를 놓치고 말았다. 아름다운 보라색 보자기가 힘없이 머리 위로 솟구쳐 오르더니 잠시나마 한 줄기 새벽 햇빛을 받아 반짝거리다 그대로 하얀 거품이 끓어오르는 용의 연못 구멍으로 떨어졌다.

일본군들은 방금 연못 속으로 사라져 버린 물체의 정체에 관심을 두지 않았다. 그들은 '일본의 요시찰 대상인 영국인과 조선의 위험한 항일 지식인이 왜 이 시간에 금강산 외딴 연못에서 옥신각신 언쟁을 벌이고 있었나'가 궁금할 뿐이었다.

용 대감을 잡으러 내려오던 스님들이 총소리에 놀라 멈춰 선 뒤 멀리서 이 광경을 숨어서 지켜봤다. 평소 감정을 드러내지 않기로 유명한 주지 스님조차 햇빛에 번쩍이는 일본군의 군복에 극심한 공포를 느낀 듯 조용히 발길을 돌렸다. 만에 하나 조선의 왕실 사찰인 유점사가 일본인들 몰래 황제의 옥새를 보관해 왔다는 사실이 발각되면 그들의 소중한 수행 터전이 쑥대밭이 될 것임을 잘 알기 때문이었다. 그들은 일본군의 눈에 띄지 않기 위해 숨소리조차 내지 않고 사찰로 되돌아갔다.

이렇게 조선 왕조의 유구한 역사와 함께 한, 위대한 왕들의 권위를 상징하는 황제의 비밀 옥새가 자취를 감추고 말았다. 베델이 몸을 던져 일본군을 막았지만, 불길한 여우 울음소리에 얼어붙은 용 대감은 귀한 옥새를 하늘로 던져 버렸고, 용의 연못이 옥새를 삼켜버렸다.

과학 정신을 몸소 익히고 세계 시민으로서 살고 있다고 믿었던 용 대감 역시 조선인의 오랜 믿음과 미신에서 완전히 벗어나진 못했던 것 같았다. 그는 분노한 선왕의 영혼이 여우를 통해 옥새를 가져가지 말라는 경고 신호를 보냈음에도, 이를 무시한 탓에 벌을 받아 신성한 옥새를 용의 구멍에 빠뜨리게 됐다고 믿는 듯했다. 격노한 영혼들에 자신의 죄를 사죄하고자 유점사로 돌아가려고 했지만, 일본군들이 그의 순진한 바람을 허락할 리 없었다.

"아아아아아아…."

멀어져 가는 일본군들의 뒤편으로 절망과 슬픔, 후회가 뒤섞인 용 대감의 처절한 울음소리가 들려왔다. 그는 일본군과 소란을 피운 베델과 함께 서울로 끌려갔다. 나와 소녀는 베델의 용기 덕분에 일본인들에게 들키지 않고 험준한 산에서 무사히 내려올 수 있었다.

모든 것이 끝났다고 판단한 소녀는 서울로 돌아가지 않고 마차를 빌려 개성으로 달려갔다. 경의선을 타고 국경 도시 신의주에서 직접 압록강을 건너기로 했다. 역에서 기차를 타기 전, 소녀는 모든 희망을 놓아버린 듯 안타까운 얼굴로 작별 키스를 건넸다. 그렇게 소녀는 조선을 떠났고 다시는 서울로 돌아오지 않았다. 대한제국 독립을 위한 '프로젝트 모닝 캄' 첩보전도 더는 없었다.

10. 두 번째 모험을 마치며

　이렇게 나의 두 번째 모험담이 마침표를 향해가고 있다. 뉴욕에서 낡은 타자기를 두드려 쓴 내 기억 속 이야기가 수많은 원고지로 변해 쌓였다.
　가끔 두 번의 숨 가쁜 여정을 되돌아볼 때마다 아쉬움과 회한이 밀려온다. 만약 '상하이 특급' 작전에서 예민한 조선 황제가 고양이 울음소리에 마음을 바꿔 궁으로 돌아가지 않았다면, '헤이그의 보석' 작전에서 순박한 용 대감이 여우 울음소리에 놀라서 황제어새를 연못에 떨어뜨리지 않았더라면, 조선의 역사는 지금과는 조금이라도 다른 방향으로 흘러가지 않았을까 하는 가정 말이다.
　세상은 냉정하다. 성공한 영웅들의 빛나는 이야기만 들으려 할 뿐, 나와 같은 패배자의 모험에는 귀를 기울이지 않는다. 그래도 언젠가 독립국으로 다시 태어날 조선의 독자들이 내 기록을 읽는다면, 베델을 비롯해 이름조차 알 수 없는 많은 이방인이 당신들의 자유와 독립을 위해 위험천만한 모험에 도전했다는 사실을 기억하면 좋겠다는 작은 바람을 가져본다.
　끝으로 이번 이야기에 등장한 인물들의 삶을 간략하게 정리하는 것으로 기나긴 모험담의 종지부를 찍으려 한다.
　우리가 그토록 지키려고 노력한 조선의 황제는, 금강산에서 옥새를 잃어버리는 바람에 결국 헤이그로 보낼 신임장에 옥새를 찍지 못했다. 서둘러 모조품을 급조해 날인은 했지만,[127] 정교함이 떨어지다 보니 회의장에서 아무 효력도 인정받지 못했다고 한다. 그의 간절한 염원을 담은 특사들은 드높은 회의장의 문턱조차 넘지 못했다.

그해 7월 일본인들은 헤이그 특사 파견을 빌미로 그에게서 껍데기뿐인 왕위마저 박탈했다. 격분한 이들이 각지에서 의병을 일으켰지만, 일제의 압도적인 무력 앞에 무릎을 꿇어야 했다. 조선 역사에 영원히 지울 수 없는 상처를 남긴 황제는, 지금[128]도 여전히 역사의 현장인 경운궁에서 지난날의 그림자를 붙잡고 하루하루를 견디고 있다.

옥새를 잃어버린 용 대감은 일본군에게 체포됐다가 풀려난 뒤 세상을 떠나기로 마음먹었다. 민영환 대감처럼 목숨을 버렸냐고? 아니다. 반만년 한반도 왕국의 상징인 옥새를 훔쳤다는 죄책감을 씻고자 금강산으로 들어가 스스로 머리를 깎고 승려가 되었다. 지금도 새벽녘 유점사의 종소리가 적막한 산사를 깨우면 다른 수행자들과 함께 경건한 부처의 자세로 앉아 "나무아미타불"을 외우며 선왕들의 영혼에 자신의 죄를 참회하고 있다.

조선의 지배자 이토 히로부미 통감은 어떻게 됐냐고? 그는 조선의 황제를 폐위시킨 뒤에도 주도면밀하고 냉철하게 조선 병합 작업을 진행하다가 하얼빈에서 조선의 젊은 애국자가 쏜 총

---

127 실제로 독립운동가 이회영(1867~1932) 등이 일제의 감시로 고종의 어새를 날인하기 어려워지자 이를 위조해 특사들에 전달했다는 주장이 있다.

128 베델이 주인공인 두 편의 소설이 출간된 시기인 1912~1914년.

탄에 맞아 최후를 맞이했다. 조선인들은 그의 죽음을 기뻐했지만, 이미 기울어진 나라의 운명을 돌려놓기에는 역부족이었다. 이토의 바람대로 조선은 얼마 뒤 일본의 완전한 식민지로 전락했다.

나는 '헤이그의 보석' 작전의 처참한 실패로 더는 조선 땅에서 안전하게 머물 수 없다는 사실을 깨달았다. 정들었던 서울에서의 삶을 마무리하고 뉴욕으로 돌아와 브루클린의 낡은 아파트에서 평범하게 살아가고 있다. 내 작은 서재의 창밖으로 뉘엿뉘엿 넘어가는 붉은 석양을 바라볼 때마다 황해가 보이던 제물포의 풍경이 머릿속에 떠올랐다. 그때마다 조선에서 겪은 숨 막히는 모험 이야기를 차근차근 정리해 왔다.

신비롭고 강렬한 눈빛의 소녀는 말이야. 압록강을 건너 자신이 일하던 첩보국이 있던 상하이로 돌아갔다. 1911년 겨울 상하이의 한 커피숍에서 만나 "우리의 이야기를 영화 시나리오로 써 보자"고 제안한 것이 그녀와의 마지막 대화가 될 줄은 몰랐다.

우리의 파란만장한 모험담을 세상에 알리고자 소설 형식으로 작품을 다듬던 1914년 10월, 내가 사는 아파트로 편지 한 통이 배달됐다. 발신인은 적혀 있지 않았고 편지지도 없었다. 그저 작은 흑백사진 한 장만 들어 있었다. 런던으로 추정되는 어느 아름다운 가을의 장미 정원에서 사랑스러운 쌍둥이의 엄마가 된 소녀가 환하게 웃고 있었다.

사진 뒷면에는 떨리는 손 글씨로 '미안해요(I am sorry)'라는 한 마디가 적혀 있었다. 그녀가 나와의 '약속'을 기억하고 있었구나!

안타깝지만 그녀와의 인연은 여기까지인 듯했다. 소녀를 위해서 영원히 이름은 밝히지 않으려고 한다. 더는 내 글에 소녀를 등장시키지도 않을 생각이고. 첩보원으로서 고된 삶을 마무리한 그녀가 진심으로 행복하기를 바랄 뿐이다.

이제 나의 오랜 벗이자 진정한 동지인 베델을 설명할 차례다. 그는 금강산에서 일본군에 맞섰다가 붙잡혔고, 두 번째로 재판을 받고 또다시 감옥에 가 힘겨운 시간을 보내야 했다. 만기 출소 뒤에도 굽히지 않는 의지로 〈대한매일신보〉와 〈코리아데일리뉴스〉를 찍어 내 일본 제국주의의 부당함을 세상에 알리려고 애썼다.

그러나 그의 외로운 저항은 오래가지 못했다. 그는 일본인들이 친 덫에 걸려 차가운 비난과 오해를 사 괴로워하다가 몸과 마음에 깊은 병을 얻었고, 불꽃처럼 짧고 강렬한 생을 마감했다.[129] 불과 서른일곱 살이었다.

나중에 전해 들으니 그의 장례식에 수많은 조선인이 참석해 갑작스러운 죽음을 슬퍼하며 눈물을 흘렸다고 한다. 그의 헌신에 감사하는 친구들의 마지막 배웅이었으리라. 지금쯤 서울 어딘가[130]에서 영면하고 있을 내 소중한 친구의 묘비에 이런 문구가 새겨져 있을 것 같다.

---

129 베델은 평소에도 몸을 돌보지 않던 성격이었던 데다 일제의 압박에서 오는 스트레스를 술과 담배로 달랜 것이 화근이 됐다. 1909년 5월 1일 37세의 나이로 숨을 거뒀다.
130 서울 합정동 외국인 묘지.

"어니스트 토머스 베델(1872~1909), 조선에서 항일 신문사를 이끌며 자신의 모든 힘과 의지로 불의한 일본 제국주의에 맞서 용감히 싸웠다."

【 나가는 말 】
푸른 눈의 독립운동가, 베델의 히스토리

100년 만에 재조명된 베델

대한민국이 제17대 대통령 선거로 떠들썩하던 2007년 12월. 영국 일간지 〈인디펜던트〉에 특별한 사연이 실렸다. 외교 담당 대기자 패트릭 코번이 쓴 '헨리의 전쟁-강제 인도에 반대한 투쟁'이라는 제목의 기사였다.

100년 전 헨리 코번(1871~1938)이라는 외교관이 일본의 조선 탄압 실상을 국제사회에 알리려다가 영국 정부의 압박으로 조기 퇴임 했는데, 바로 자신의 할아버지라는 것이다. 아래는 당시 기사를 요약한 것이다.

"헨리 코번은 1906년 2월~1908년 9월 서울에서 영국 총영사로 일했다. 일본의 요구로 〈대한매일신보〉 사장이던 어니스트 토머스 베델(1872~1909)에 대한 두 차례 재판에 판사로 참여했다. 그는 반일 기사를 쓴 양기탁을 일본 경찰이 고문하려 하자 이를 막고자 격렬히 저항했다가 영국의 동맹국인 일본과 외교 마찰을 일으켰다는 이유로 총영사 임기를 다 채우지 못하고

어니스트 토머스 베델 (1872~1909)

귀국해야 했다. 6개월쯤 뒤 영국 외무부에서도 떠나야 했는데 당시 49세였다. 그 뒤로 2차 세계대전이 일어났고 영국인들은 그제야 내 할아버지가 '베델·양기탁 사건'을 통해 말하고 싶었던 일본의 잔혹함을 깨닫게 됐다."

이 기사는 베델의 존재를 까맣게 잊고 살던 영국인들에게 신선한 관심을 불러일으켰다. 자신들의 선조 가운데 한 사람이 동북아시아에서 언론의 자유를 지키려고 목숨까지 버렸다는 사실이 깊은 울림으로 다가온 것이다. 한국과 영국 모두에 베델이라는 '큰 문'을 다시 열 수 있도록 '열쇠'를 꺼내 줬다.

중산층 가정의 장남으로 태어나다

한국인에게 가장 사랑받는 외국인 독립운동가인 어니스트 토머스 베델은 어떤 사람이었을까. 그의 삶을 정리한 최초의 기록인 〈대한매일신보〉 1909년 5월 7~8일 자 '배설공公의 약전'과 정진석 한국외국어대 미디어커뮤니케이션학부 명예교수의 저작물, 영국인 베델 연구가 에이드리언 코웰의 발굴 자료, 베델 후손들의 증언, 〈서울신문〉 특별기획팀의 취재 결과 등을 더해 종합적으로 소개한다.

베델은 1872년 11월 3일 영국 남부 항구 도시 브리스틀에서 태어났다. 정진석 교수가 찾아낸 시 인명록에는 그의 출생지가 'Egerton villa, Egerton Road, Horfield'로 표기돼 있는데, 우리 식으로 읽으면 '호필드 에저턴로드 에저턴빌라'다.

필자는 브리스틀시 기록보관소에서 현지 공무원의 도움을 받아 주소 변경 과정을 추적했고 현주소가 '54 Egerton Road, Bishopston'(비숍스톤 에저턴로드 54번지)임을 확인했다. 국가보훈부는 추가 검증을 거쳐 베델 생가를 국외현충시설로 지정했고, 브리스틀에 베델 동상 건립도 추진 중이다.

베델의 아버지 토머스 행콕 베델(1849~1912)은 21세이던 1870년 성공회 전도사의 딸 마사 제인 홀름(1848~?)과 결혼했다. 맥주 회사 직원으로 일하며 네 명의 자녀를 뒀는데, 이 가운데 베델은 둘째이자 장남으로 태어났다. 셋째이자 차남인 허버트(1875~1939), 막내인 아서 퍼시(1877~1947)와는 훗날 사업 동반자가 된다.

베델은 시내 중심지의 '머천트 벤처러스 스쿨'에서 공부했다. 이 학교는 현장 기술 인력 양성을 목적으로 전문대 수준의 교육을 제공했다. 베델은 1885년 9월 학기에 입학해 3년 뒤인 1888년 여름에 졸업했다. 나중에 이 학교는 브리스틀대학과 서잉글랜드대학, 시티오브브리스틀칼리지 등으로 세분화했다. 이 가운데 브리스틀대는 노벨상 수상자를 10명 넘게 배출하는 등 지역 명문대로 성장했다.

극동으로 떠난 16세 영국 소년

15년 넘게 맥주 회사에서 일하던 토머스 행콕은 장남 베델이 14세이던 1886년 일본 무역 일에 뛰어들겠다고 선언했다. 그의 나이 37세였다.

평범한 샐러리맨이 불혹不惑의 나이에 사업을 시작하기란 쉬운 일이 아니다. 그런데도 그가 모험에 뛰어들 수 있었던 것은 동서지간인 퍼시 알프레드 니콜(1848~1899)의 경제적 지원이 결정적이었다.

이미 니콜은 '세상의 끝'이던 일본에서 골동품 무역으로 상당한 부를 축적한 상태였다. 영국과 거리가 멀어 경쟁자가 많지 않던 일본 무역을 '블루오션'으로 확신하고 사업을 키우고자 '형님'인 토머스 행콕에 동업을 제안한 것이다.

니콜의 투자 약속에 자신감을 얻은 토머스 행콕은 일본 고베로 건너가 '니콜 앤드 컴퍼니'라는 회사를 세워 일을 배웠다. 그는 2년 뒤인 1888년 영국으로 돌아와 런던에 '베델 앤드 니콜'을 창립했다. 니콜이 '니콜 앤드 컴퍼니'를 통해 고베에서 도자기를 보내면 토머스 행콕이 '베델 앤드 니콜'을 통해 런던에 이를 판매해 서로 이득을 얻었다.

그런데 일반적인 동업 관계가 그러하듯 두 사람도 시간이 지나며 불화가 쌓였다. 토머스 행콕은 1891년 런던의 자기 회사 이름에서 '니콜'을 떼고 '베델 앤드 컴퍼니'로 개명했다. 1886년 시작된 두 사람의 동업이 5년 만에 막을 내렸다.

이후 토머스 행콕은 혼자 사업을 하다가 5년 뒤인 1896년 극동

무역에 종사하는 세 개의 회사와 통합을 선택했다. 하지만 3년 만인 1899년 이 회사에서도 빠져나오며 두 번째 동업을 끝냈다.

토머스 행콕과 니콜이 의기투합해 사세를 키우던 1888년, 고등학교를 갓 졸업한 베델은 '가족 사업에 일손을 보태라'는 아버지의 지시로 고베로 건너갔다. 16세 때였다. 이후 그는 줄곧 고베에서 이모부와 함께 사업을 꾸려 나갔다.

토머스 행콕은 두 번째 동업이 깨지자 일본 사업을 도와줄 새 파트너가 필요했고 장남인 베델이 적격이라고 판단했다. 일본에서 무역 일을 시작한 지 10년이 넘었기에 능력은 충분하다고 봤다. 그렇게 베델은 1899년 아버지의 도움으로 런던에 자신의 회사인 '베델 브러더스'를 세웠다. 27세 때였다.

'베델 브러더스'는 그 이름처럼 베델 3형제가 함께 운영했다. 베델과 둘째 허버트는 일본에서 활동했고, 막내 아서 퍼시는 런던 사무소를 지켰다. 세 아들이 협력해 사업을 키워가는 모습을 지켜보던 토머스 행콕은 홀가분한 마음으로 행복한 은퇴 생활을 즐겼다.

성공한 사업가로 변신한 베델

베델 3형제의 주력 사업은 완호물玩好物 매매였다. 완호물은 서양에서 구하기 힘든 외국산 물품을 말한다. 당시 영국인에게 동양의 도자기나 골동품이 그런 것들이었다.

베델은 외향적이고 성격이 활달했다. 고베 시절 운동과 음악에 심취했고 체스도 잘 뒀다. 술과 담배도 즐겼다. 일본 지역 영자지 〈고베 크로니클〉에는 그가 "사람들 앞에서 부끄러워하지 않고 노래를 불렀다"는 기사가 여러 차례 등장한다.

1899년은 베델에게 인생의 전환점이 됐다. 아버지 토머스 행콕의 지원으로 런던에 '베델 브러더스'를 세웠고, 고베에서 자신을 돌봐 준 이모부 니콜이 51세로 숨을 거뒀다. 이때부터 그는 자의 반 타의 반으로 홀로서기에 나서야 했다.

여기에 베델은 런던에서 '인생의 동반자'가 될 메리 모드 게일(1873~1965)을 만났다. 두 사람은 1900년 고베에서 결혼식을 올렸고 이듬해 외아들 허버트 오언 친키 베델(1901~1964)을 낳았다.

베델은 일본에서 '프리메이슨'에 가입해 활동했다. 프리메이슨은 중세 교회 건축가 집단에서 출발했다가 기독교 보수성에 반발해 조직된 비밀 결사체. 프리메이슨이 '그림자 정부'[131]의 배후라는 음모론도 있다. 프리메이슨 서울 지부인 '한양롯지' 홈페이지에는 베델이 조직의 중요 인물로 소개돼 있다.

베델의 손녀 수전 제인 블랙은 "할아버지(베델)는 일본 거주 시절 영국 선박업자 조지 쇼어의 소개로 프리메이슨에 가입했다. 조직의 비밀주의 원칙을 지키고자 가족에게도 내부 이야기를 한마디도 하지 않았다고 들었다"고 전했다.

서울 양화진에 있는 베델의 묘지석에는 의미를 알 수 없는 사슴뿔 형태의 문양이 새겨져 있다. 누가 언제 새겼는지는 알 길이 없다. 문양의 정확한 의미도 확인되지 않는다. 프리메이슨과 관

---

131 세계를 은밀히 지배하고 있다는 초국가적 조직.

런이 있을 것으로 추정만 할 뿐이다.

쓰디쓴 실패 맛보고 일본 생활 마감

1899년 '베델 브러더스'를 세운 베델은 한동안 승승장구했다. 아버지와 이모부가 물려준 알토란 같은 영업처를 잘 관리한 덕분이다. 그는 이 시기에 상당한 부를 쌓은 것으로 알려져 있다.

사업에 자신감이 붙은 베델은 직접 제품을 생산해 수출하기로 마음먹었다. 아버지와 이모부에게서 독립한 지 2년 만인 1901년, 베델은 형제들과 오사카 남쪽 사카이에 영국 가정의 필수품인 러그[132] 생산 공장을 9개나 차렸다.

베델 형제가 만든 러그는 품질이 꽤 좋았던 것 같다. 일본 영자지 〈저팬 크로니클〉의 르포 기사에서 기자는 베델의 러그 공장을 방문해 살펴본 뒤 "터키에서 생산된 최고급 제품과 차이가 없다"고 칭찬했다.

그런데 베델 형제가 주변 공장 일꾼들을 무리하게 스카우트한 것이 화근이 됐다. 지역 카르텔이 '베델 브러더스'를 공개적으로 비난하며 영업을 방해했고, 베델 3형제는 이들의 담합을 견디지 못하고 러그 제조를 포기했다.

베델은 여러 소송에도 휘말렸다. 대표적인 것이 '수세미 소송'이다. 1902년 2월 고베 상인 나리타 세이사부로는 "'베델 브러더스'가 수세미 3만 개를 주문하고도 대금을 지불하지 않았다"며 1567엔을 요구하는 소를 제기했다. 현 가치로 우리 돈 1억 원이

---
132 깔개나 무릎 덮개 용도로 쓰는 직물 제품.

넘는다.

당시 베델은 외국인에 대한 텃세가 심하고 사업에서 갈등이 생기면 대화보다 소송부터 찾는 일부 일본인의 행태에 실망한 것 같다. 그의 반일 감정이 이때부터 생겨난 것으로 추정된다.

베델은 매사 솔직하고 직설적이었다. 베델의 후손들도 그가 성질이 급한 사람이었다고 전한다. 화를 다스리지 못하는 성격 탓에 동생들과 다툼이 잦았고 결국 사업을 함께 하지 못할 정도로 사이가 틀어졌다.

베델이 조선에서 〈대한매일신보〉를 발간해 항일 투쟁에 나선 1905년 11월, 일본 〈고베유신일보〉에는 '베델 브러더스'에서 일하는 직원이 신문사로 찾아와 베델을 비난하는 내용이 나온다. 아래는 해당 기사를 요약한 것이다.

"그는 과거 우리 회사의 일원이었지만 술고래였고 결근도 잦았다. 회사 일을 신경 쓰지 않다가 어느 날 조선으로 야반도주하듯 떠났다."

조선에서 항일운동에 나선 큰형과 선을 그어 사업을 지키려는 의도인데, '과음', '근무 태만', '무책임' 등 단어로 묘사한 것을 보면 그를 바라보는 동생들의 감정이 매우 부정적이었음을 알 수 있다.

요약하자면 영국 브리스틀에서 태어난 베델은 아버지와 이모부의 무역 사업을 돕고자 16세이던 1888년 일본 고베로 건너가 16년간 생활하며 성공과 실패를 모두 맛봤다. 큰돈을 벌고 결혼도 했지만 이후 사업 실패와 소송, 형제와의 불화가 겹쳐 일본

생활을 정리하게 된다.

영국 특별통신원으로 조선 땅을 밟다

베델이 형제들과의 불화로 사업을 접고 새로운 일을 찾던 1904년, 한반도와 만주 지역 지배권을 둘러싸고 러시아와 일본 사이에 전운이 돌았다. 급기야 2월 8일 일본 함대가 중국 랴오닝성 뤼순항을 기습 공격 하면서 러일전쟁이 시작됐다.

당시 전쟁은 전 세계 언론사들의 최고 인기 아이템이었다. 지금으로 따지면 월드컵이나 미국 대선처럼 엄청난 관심을 불러모으는 국제 뉴스거리였다. 미국의 대문호 어니스트 헤밍웨이도 종군기자 경험을 바탕으로 《무기여 잘 있거라》 같은 작품을 썼다.

영국 매체들도 러일전쟁 취재를 위해 특파원을 보냈다. 영국 총리를 지낸 윈스턴 처칠도 〈런던 데일리 텔레그래프〉 특파원으로 조선을 찾았다.

반면 〈데일리 크로니클〉은 현지 통신원부터 채용하는 역발상 행보에 나섰다. 영국에서 특파원을 파견하려면 조선에 오는 데만 한 달가량 걸리고, 일본이나 러시아에 대한 배경지식도 부족해 깊이 있는 기사를 쓰기 어렵다고 판단해서다.

베델은 이 매체가 통신원을 뽑는다는 소식을 듣고 조선행을 결심했다. 브리스틀 최고 사립고교를 졸업했기에 '스펙'은 충분했다. 그에게 언론인이라는 새로운 길이 열리는 순간이었다.

〈데일리 크로니클〉은 일본에 있던 베델을 자사의 두 번째 특별

통신원으로 조선에 파견했다. 3월 10일이었다. 참고로 1872년 창간된 〈데일리 크로니클〉은 1930년 〈데일리 뉴스〉와 합병해 〈뉴스 크로니클〉로 명칭이 바뀌었고, 1960년 〈데일리 메일〉에 다시 흡수돼 지금도 운영 중이다.

러일전쟁 당시 일본은 전쟁 관련 기사가 러시아로 들어가면 군사 정보가 유출될 수도 있다고 여겨 종군기자들을 달갑지 않게 여겼다. 이를 알 리 없던 외신기자들은 종군 취재 허가를 받으러 도쿄에 갔다가 발이 묶였다. 반면 고베에서 20년 가까이 살며 일본어에 숙달한 베델은 이들보다 한 달가량 앞서 조선에 들어갈 수 있었다.

베델은 통신원 임명 36일 만에 '특종'을 발굴했다. 4월 16일 자 '조선 황궁의 화재' 기사였다. 1904년 4월 14일 고종의 거처인 경운궁(덕수궁)에 불이 나 중화전이 모두 탔는데, 베델은 경운궁에서 발생한 의문의 화재 사건을 추적해 일본군의 방화 가능성을 제기하는 기사를 전송했다. 〈데일리 크로니클〉은 그가 쓴 기사를 5면 머리기사로 뽑아 전 세계로 타전했다. 우리나라 언론학계는 이를 베델이 조선 통신원으로서 쓴 처음이자 마지막 기사로 본다.

그런데 영국 출신 역사 연구가 에이드리언 코웰은 베델이 경운궁 화재 기사보다 보름 앞서 조선의 전통놀이 '석전'[133]과 영국의 축구를 비교하는 기사를 작성한 사실을 〈데일리 크로니클〉 데이터베이스(DB)에서 확인했다. 베델은 이 기사에서

---

133 두 편으로 나뉘어 돌팔매질로 승부를 겨루던 놀이.

"200~300명쯤 되는 남성이 서로 마주 보고 돌을 던져 크게 다치거나 죽는 사람이 있다"고 적었다. 이 기사를 포함하면 베델은 조선 통신원으로서 2개를 쓴 것이 된다.

그런데 경운궁 화재 기사가 나가고 얼마 지나지 않아 베델을 포함한 두 명의 통신원이 모두 해고 통보를 받았다. 두 가지 추측이 나온다. 하나는 친일 성향인 〈데일리 크로니클〉이 일본에 비판적인 기사를 쓴 베델을 달갑지 않게 여겼다는 것이다. 또 하나는 이 매체가 통신원을 채용해 두 달 가까이 운영해 본 결과 생각보다 기사가 많이 나오지 않아 '가성비'가 떨어진다고 판단했다는 것이다.

아무튼 베델은 경운궁 화재 특종 기사를 남기고 회사를 떠나야 했다. 그런데 그는 이참에 조선에서 직접 신문을 만들기로 결심하고 단 3개월 만에 〈대한매일신보〉와 〈코리아데일리뉴스(KDN)〉를 창간했다. 32세 때였다. 무역 일만 해온 베델이 일사천리로 언론사를 설립한 이유를 두고 궁금해하는 이들이 많다.

우선 신문 발행은 당시로서는 최첨단 산업이었다. 세상 돌아가는 사정을 종이 몇 장만 사면 알 수 있다는 것은 지금의 인공지능(AI) 혁명에 비견될 충격이었다. 동아시아 다른 나라들과 달리 당시 조선에는 영어 일간지가 하나도 없었다. 사업 감각이 남달랐던 베델은 조선에서 영자지를 창간해 시장을 선점하면 장기적으로 큰 수익을 낼 것으로 기대한 것 같다.

여기저기서 투자금을 받아 사업을 시작하는 '펀딩' 또한 그가 잘할 수 있는 분야였다. 본인도 일본에서 어느 정도 재산을 모았기에 초기 자본은 어렵지 않게 조달했을 것으로 추정된다.

그가 영국에서 고등 교육을 받았다는 사실도 간과할 수 없다. 역사 연구가 코웰은 "19세기 영국 상황을 고려할 때 베델 정도면 일반인으로서 최고 수준의 교육을 받았다고 볼 수 있다"면서 "소규모 언론사를 운영하거나 기사를 쓸 정도의 소양은 충분했다"고 말했다.

양기탁과의 운명적 만남

'위기는 기회'라는 말이 있듯, 베델은 조선 통신원에서 해고되자 직접 신문사를 설립해 운영하기로 했다. 조선어를 할 줄 몰랐던 그에게는 영어에 능통한 조선인 조력자가 필요했다.

베델은 〈데일리 크로니클〉 통신원 시절 덴마크인 전기기술자 헨리 예센 뮐렌스테트(1855~1915)에게 '취재를 도울 통역사를 찾아 달라'고 부탁했다. 뮐렌스테트는 조선 왕실 문서를 번역하는 '예식원'에서 일하던 믿을 만한 조선인을 소개했다. 훗날 〈대한매일신보〉 주필을 지내고 대한민국 임시정부 국무령까지 오른 양기탁이다.

양기탁은 1871년 평양 서촌에서 한학자 양시영의 아들로 태어나 15세이던 1886년 서울로 올라왔다. 선교사들이 만든 한성 외국어학교에 입학해 영어를 배웠다.

그는 어려서부터 언어 습득 능력이 남달랐다고 전해진다. 1895년 미국인 선교사가 만든 한영사전 편찬에 참여했고, 일본 나가사키에서 2년간 조선어 교사로 일하며 일본어도 익혔다.

그가 베델과 만나게 된 것도 뛰어난 어학 능력 덕분이었다. 애초 양기탁의 역할은 베델에게 취재원을 섭외해 주고 통역을 도와주는 정도였지만 나중에 베델이 신문사를 창간한 뒤로는 없어서는 안 될 핵심 인물이 됐다.

양기탁은 1904년 7월 18일 〈대한매일신보〉·〈코리아데일리뉴스〉 창간호를 발행하고 한 달쯤 지나서 예식원을 떠났다. 베델을 돕기 위해 불확실한 미래에 운명을 건 것이다.

원래 베델이 만든 〈대한매일신보〉는 4페이지짜리 영자지에 삽지한 2페이지짜리 부록이었다. 그런데 '자투리'였던 〈대한매일신보〉가 어느 순간 조선인들에게 폭발적인 반응을 얻자 베델은 이듬해 8월부터 두 신문을 분리하고 양기탁에 〈대한매일신보〉 지면 제작 전권을 줬다.

일본은 러일전쟁에서 승리해 한반도 지배권을 확보한 뒤로 조선에서 발간되는 신문과 잡지를 검열하기 시작했다. 1907년에는 '신문지법'을 제정해 언론 탄압 강도를 더욱 높였다. 그러나 영국인인 베델은 치외법권자여서 한국이나 일본의 법을 적용받지 않았다. 양기탁이 〈대한매일신보〉로 일제를 마음껏 비판할 수 있었던 것은 베델이 자신의 치외법권을 십분 활용해 모든 비난과 압박을 막아준 덕분이었다.

〈대한매일신보〉가 조선 독립을 위해 제대로 된 기사를 쓴다는 소문이 돌자 명망 있는 논객들이 하나둘 모여들었다. 1904년 창간된 〈대한매일신보〉는 당시로서는 후발 주자였음에도 이들의 가세로 일본의 여러 식민 통치 정책을 좌절시키며 전성기를 누렸다.

박은식(1859~1925)과 신채호(1880~1936) 등 유명 사학자들이 필진으로 활약했다. 〈황성신문〉(1898~1910)에서 일한 박은식은 〈대한매일신보〉에서도 강경 항일 논설을 썼다. 1910년 경술국치 이후 해외로 나가 상하이 임시정부 2대 대통령을 지냈다.

신채호도 〈황성신문〉에 있다가 1906년 〈대한매일신보〉로 자리를 옮겼다. 1910년 중국 망명 전까지 '한일합병론자에게 고함' 등을 쓰며 항일 투쟁을 이어갔다. 〈대한매일신보〉와 〈코리아데일리뉴스〉는 한때 하루 2만 부 가까이 발행돼 '조선 최고의 신문'으로 발돋움했다.

일제가 총칼보다 무서워한 〈대한매일신보〉

베델은 〈대한매일신보〉와 〈코리아데일리뉴스〉를 매개로 여러 항일 투쟁의 선봉에 섰다.

일본은 러일전쟁을 전후해 한반도를 병합하려는 야욕을 본격화했다. 대장성(현 재무성) 관리를 지낸 나가모리 도키치로를 앞세워 "50년간 전국 황무지의 개간권을 위임하라"고 요구했다. 한반도를 일본의 원료·식량 공급 기지로 삼으려는 사전 정지 작업의 하나였다. 1903년 12월 조선에 온 나가모리는 이듬해 3월부터 궁내부 대신 민병석과 교섭에 나섰는데, 이런 '밀실 야합'은 같은 해 6월 세상에 알려졌다.

안 그래도 국권의 상당 부분을 빼앗겨 울분에 차 있던 조선인들은 국토의 3분의 1에 달하는 황무지까지 가져가려는 일제의 음모를 묵과할 수 없었다. 〈대한매일신보〉가 창간된 1904년 7월은 이런 일본의 행각이 백일하에 드러나 반발이 거셀 때였다.

베델은 이런 시류를 정확히 읽고 황무지 개간권 요구의 부당함을 대대적으로 알렸다. 결국 일본은 여론의 역풍에 부담을 느껴 황무지 개간권 요구를 철회했다. 훗날 나가모리는 본국에 보낸 보고서에서 "사업 실패의 가장 큰 이유는 베델의 비판 기사 때문"이라고 밝혔다.

일본은 1905년 11월 17일 조선의 외교권을 박탈하고자 을사늑약을 체결했다. 〈대한매일신보〉는 일제의 압력에 굴하지 않고 을사늑약의 부당함을 알려 나갔다. 일본에 조선 외교권을 헌납한 '다섯 매국노'인 이완용과 이근택, 이지용, 박제순, 권중현을 원색적으로 비난했다. 이 시기 〈대한매일신보〉는 조선인에게 가장 신뢰받는 언론으로 거듭났다.

베델은 2년 뒤인 1907년 '헤이그 특사 파견'도 집요하게 취재해 알렸다. 일본이 을사늑약으로 조선의 외교권을 빼앗자 고종은 비밀리에 러시아와 손잡고 국제사회 판도를 바꿀 모험에 나서는데, 이것이 헤이그 특사 파견이다.

1907년 7월 고종은 을사늑약의 부당성을 알리고자 만국평화회의가 열린 네덜란드 헤이그에 이상설(1870~1917)과 이준(1859~1907), 이위종(1887~?)을 비밀리에 파견했다. 이들은 일제의 방해와 러시아의 변심으로 회의장에 들어가지도 못하는 수모를 겪었다. 그래도 각국 취재기자를 상대로 간담회를 열어 조선이 독립국임을 선언하는 등 '절반의 성과'를 냈다.

베델은 을사늑약의 부당성을 알리는 고종의 친서를 입수해 신문에 실었고 세계 주요 매체도 이를 인용 보도 했다. 〈대한매일신보〉 보도에 당황한 일본은 고종을 강제로 퇴위시키고 아들인 순종을 왕위에 올렸다.

통감부 초대 통감을 지낸 이토 히로부미(1841~1909)는 "나의 수백 마디 말보다 〈대한매일신보〉의 기사 한 줄이 더 힘이 세다"고 탄식했다. 1906년 일제는 영국인 J. W. 하지가 운영하던 주간지 〈서울프레스〉를 인수해 일간지로 바꾼 뒤 '여론 전쟁'에 나섰다. 하지만 어용 매체인 〈서울프레스〉는 〈대한매일신보〉·〈코리아데일리뉴스〉의 영향력을 따라갈 수 없었다.

베델의 손녀 수전 제인 블랙은 "당시 할아버지(베델)의 행동은 일본은 물론 고국인 영국에서도 전혀 이해받지 못했다. 당시 열강의 국제질서를 정면으로 거스르는 것이었기 때문"이라면서 "누구도 할아버지의 진심을 알아주지 않았지만 그는 자신이 옳다고 생각한 길을 묵묵히 걸어갔다"고 전했다.

일제 수탈에 목소리 높인 <대한매일신보>

베델은 일제의 침략이 가속화하자 항일 비판 수위를 더욱 높여 나갔다. 1905년 을사늑약 체결을 전후해 '대세가 기울었다'고 판단한 상당수 조선 매체가 노골적 친일 성향을 드러내던 것과 정반대 행보였다.

대표적 사례가 '경천사지 10층 석탑 반환' 사건이다. 원래 이

탑은 1348년 고려 충목왕 때 개성 경천사에 13.5m 규모로 세워졌다. 경천사는 고려 왕실이 제사를 지내던 곳이다.

1907년 1월 일본 궁내대신 다나카 미쓰아키는 순종의 결혼을 축하한다는 명목으로 조선에 왔다. 하지만 실제로는 경천사 석탑을 일본으로 가져가려는 속내였다. 그는 군대를 동원해 석탑을 140여 점으로 조각낸 뒤 제물포에서 배에 실어 일본으로 가져갔다.

이때 〈대한매일신보〉가 나섰다. 같은 해 3월 7일 자 기사로 석탑 밀반출 사건을 대서특필하며 "다나카는 우리를 만만히 봤다. 조선 인민은 그 만행과 모욕에 결연히 항거할 것"이라고 울분을 터뜨렸다. 이후에도 10여 차례 기사와 논설을 실어 일본의 석탑 밀반출 만행을 집요하게 파헤쳤다.

고종의 외교 자문이던 미국인 호머 헐버트(1863~1949)도 움직였다. 그는 베델과 함께 탑이 사라진 경천사를 다녀온 뒤 일본의 독립 성향 매체 〈저팬 크로니클〉에 '일본이 한국에서 보인 문화 파괴 만행', '사라진 탑과 다른 사건들'이란 제목의 글을 잇달아 기고했다. 이를 본 미국의 〈워싱턴포스트〉가 같은 해 6월, 이 사건을 인용 보도 했고 전 세계도 주목하기 시작했다.

결국 베델의 첫 보도 이후 11년이 지난 1918년 11월 경천사 석탑은 조선으로 돌아올 수 있었다. 이 탑은 경복궁에서 방치되다가 2005년 복원돼 국립중앙박물관에 안치됐다. 국보 제86호로 지정됐다. 베델이 없었다면 이 석탑은 지금도 일본에 남아 있을 가능성이 크다.

을사늑약 이후 일본이 조선 침략을 공고화하던 1908년 3월, 고종의 외교 고문관을 지낸 미국인 더럼 화이트 스티븐스(1851~1908)가 샌프란시스코에서 전 세계 언론을 상대로 기자회견을 열었다. 대표적 친일파인 스티븐스는 "조선은 일본의 도움 없이는 스스로 살아가기 어렵다. 조선은 일본의 보호국으로 있는 게 유익하다"고 강조했다.

그의 발언을 들은 재미 교포 전명운(1884~1947)과 장인환(1876~1930)은 피가 거꾸로 솟는 기분을 느꼈다. 3월 23일 전 의사가 샌프란시스코역에서 기차를 타려던 스티븐스에게 먼저 다가가 총을 쐈지만 실패했다. 두 사람은 격렬하게 몸싸움을 벌였고 이를 지켜보던 장 의사가 스티븐스를 다시 저격했다. 장 의사의 총에 맞은 스티븐스는 이틀 만에 병원에서 숨졌다. 전 의사와 장 의사는 일면식도 없던 사이였다.

이 소식이 조선에 알려졌지만 친일 성향으로 돌아선 대다수 조선 매체들은 이를 기사화할 생각조차 하지 못했다. 하지만 〈대한매일신보〉는 주저하지 않고 이 사건을 1면 머리기사로 다뤘다.

3월 25일 자로 "조선 고문관 미국인 슈지분(스티븐스의 한국 이름)이 미국 상항(샌프란시스코)에서 총을 맞았는데, 총을 쏜 자는 바로 한국인"이라고 타전했다. 28일 자에는 스티븐스 사망 소식과 함께 전명운·장인환 의사의 행적도 상세히 다뤘다.

훗날 미국 법원은 전명운에게 무죄를, 장인환에게 25년 형을 선고했다. 장 의사는 미국 감옥에서 15년간 복역하고 1919년 모범수로 가석방됐다.

베델은 직접 행동에도 나섰다. 대표적인 것이 1907년 시작된 국채보상운동이다. 일본은 조선을 경제적으로 예속시키려고 조선 왕실에 차관 도입을 압박했다. '균형 재정' 개념이 없던 조선 조정은 차관을 한없이 늘려 1300만 원에 이르렀다. 대한제국 1년 예산과 맞먹을 만큼 불어나 갚을 수 있는 수준을 넘어섰다.

이 사실이 알려지자 애국심 강한 국민들이 자발적으로 돈을 모아 차관을 갚자고 들고 일어섰다. 바로 국채보상운동이다. 베델은 신문사 건물에 의연금을 보관하는 '국채보상 의연금 총합소'를 설치하고 이 운동을 이끌었다. 1907년 4월까지 4만여 명이 참여했고 5월에는 누적 모금액이 20만 원에 달했다.

〈대한매일신보〉는 항일 단체 신민회(1907~1911)의 산파까지 맡는 등 조선 독립운동의 '인큐베이터' 역할을 자처했다. 항일 신문을 만드는 것으로도 모자라 조선 독립운동까지 지원하고 나선 베델의 행보에 대해 일본은 당혹스러움을 느낄 수밖에 없었다.

일본, '베델 탄압' 본격화

베델이 주인공으로 등장하는 미국 작가 로버트 웰스 리치(1879~1942)의 역사소설 〈고양이와 왕The Cat and The King〉에는 일본이 그를 얼마나 미워했는지 잘 묘사돼 있다.

일본이 1904년 조선에 황무지 개간권을 요구하고 1905년 화폐개혁을 강제할 때마다 베델은 자신의 신문을 통해 이들의 음모를 폭로한다. 조선주차군사령관 하세가와 요시미치

(1850~1924)나 탁지부(재정을 담당하는 중앙관청) 고문 메가타 다네타로(1853~1926)는 베델의 기사로 조선인들이 들고 일어서는 모습에 치를 떠는 모습이 나온다.

일본이 왜 그리 그를 미워했는지 짐작할 수 있는 기사들도 있다. 아래는 1907년 9~10월 〈대한매일신보〉·〈코리아데일리뉴스〉에 실린 항일 관련 기사의 일부를 요약한 것이다.

"서울 용산에서 한 조선인이 아이를 업은 부인과 함께 일본군 병영을 지나가던 때였다. 일본군 한 명이 장난삼아 이들에게 총을 쐈다. 탄환이 여인의 옆구리를 관통해 즉사했다. 아이의 한쪽 손도 산산조각이 났다. 아이 아버지가 울먹이며 일본군 병영으로 뛰어 들어가 항의했지만 길거리로 쫓겨났다."(영문판 9월 3일 자)

"수원에서 10여 km 떨어진 곳에서 일본군과 조선 의병 간 전투가 벌어졌다. 30명의 의병이 일본군에 포위돼 잔인하게 사살됐다. 일본군 장교는 분이 덜 풀린 듯 생포한 이들을 모두 끌어내 목을 베었다."(영문판 9월 26일 자)

"조선인이여! 독립이야말로 이 세상에서 가장 소중하지 않은가? 미국과 그리스, 이탈리아 독립을 위한 투쟁의 역사를 살펴보라. 지금 이들 세대가 누리는 행복은 바로 조상들의 피로 얻은 것이다."(〈대한매일신보〉 10월 1일 자)

일본은 베델이 신문을 창간할 때부터 속내를 의심했다. 그가 반일 논조를 추구한 이유가 진심으로 조선을 사랑해서가 아니라 신문 창간·운영 자금을 고종이나 러시아에서 지원받고 싶었기 때문으로 봤다. 쉽게 말해서 베델이 돈을 벌기 위해 '전략적 반일' 행보를 보였다는 것이다.

베델은 일본뿐 아니라 고향인 영국에서도 '악동' 취급을 받았다. 이 시기는 영일동맹[134]으로 두 나라가 밀월 관계를 유지하던 때여서 그의 행보는 영국의 국익에 반하는 것이었다. 일본은 이런 상황들을 잘 활용하면 그를 '돈 때문에 영국과 일본에 악역을 자처한 문제적 인물'로 몰아세워 조선에서 추방할 수 있을 것으로 보고 1907년부터 본격적인 공작에 나섰다.

우선 일본은 1898년 태국 방콕에서 영자지 〈태국자유신문 Siam Free Press〉을 발행해 태국 왕실의 권위주의를 비판하다가 추방된 영국인 J. J. 릴리의 사례를 살펴보고 이를 베델에게도 적용하고자 했다. 베델도 릴리처럼 영국 정부가 동의하면 추방할 수 있을 것으로 본 것이다.

하지만 런던 내각은 베델 추방에 적극적이지 않았다. 과거 릴리의 태국 추방에 동의했다가 영국 의회의 강한 반발로 어려움을 겪은 경험이 있었기 때문이다. 여기에 베델의 신문도 만성적 재정난을 겪고 있어 '가만 놔두면 자연스럽게 문을 닫는다'고 판단했다.

한시가 급했던 일본은 영국의 미온적 태도에 실망했다. '베델 추방 계획'을 접고 영국 사법 당국에 그를 고소해 처벌받게 하는 쪽으로 방향을 틀었다. 결국 영국 외무부는 동맹국인 일본의 요청을 들어주고자 재판을 개시했다.

---
134 영국과 일본이 동아시아 이권을 함께 나눠 갖고자 체결한 조약.

첫 번째 재판은 1907년 10월 14일 서울 정동 주한 영국 총영사관에 설치된 법정에서 열렸다. 조선인과 영국인, 일본인이 참석한 동북아 최초의 국제재판이었다. 판사는 앞서 소개한 2007년 영국 〈인디펜던트〉 기사 '헨리의 전쟁-강제 인도에 반대한 투쟁'의 주인공인 주한 영국 총영사 헨리 코번이었다.

베델에게 적용된 혐의는 '치안 방해'였다. 일본은 "베델이 신문으로 조선인 폭동을 선동한다"고 주장했다. 코번 판사는 베델의 행동에 문제가 없다고 봤지만 본국의 제국주의 논리를 거스를 수 없었다. 코번은 베델에게 6개월 근신형을 명하고 보증금 300파운드를 내게 했다. 코번의 관대한 판결에 일본은 서운함을 숨기지 않았다.

이후 베델은 항일 논조를 더욱 강경하게 이어갔다. 1908년 3월 스티븐스 사망 사건을 대서특필한 것이 대표적이다. 이때부터 일제는 영국에 대놓고 "베델을 추방해 달라"고 요구했다.

일본과의 관계 악화를 우려한 영국은 그를 다시 재판정에 세웠다. 기존 '치안 방해' 혐의에 더해 '공금 횡령'을 추가했다. 그가 국채보상운동 과정에서 모은 의연금을 마음대로 썼다는 죄목이었다.

두 번째 재판은 1908년 6월 15일부터 3일간 열렸다. 이 재판은 미국 AP통신 특파원이 직접 참관해 취재할 정도로 국제적 관심이 컸다. 이번에도 코번이 판사로 나섰다.

재판 마지막 날 코번은 베델에게 3주간 금고형(6개월 근신형 포함)을 판결했다. 실형이었다. 당시 조선에는 영국인을 구금할 시설이 없었다. 그래서 영국은 베델을 중국 상하이 영사관 내 감옥으로 보내기로 했다. 당시 인천과 상하이 간 정기 배편이 없어 베델 한 사람을 데리러 영국 군함 '클리오'가 인천으로 들어오는 진풍경이 벌어졌다.

'베델 처벌 계획'에 성공한 일제는 신이 났다. 어용 매체 〈서울 프레스〉는 부록까지 발행해 가며 베델의 두 번째 재판 결과를 상세히 보도했다.

일제 공작으로 무너진 '구국의 별'

일본은 여기서 머물지 않고 베델을 전방위적으로 압박했다. 그가 상하이에서 3주 금고형을 마치고 한국행을 기다리던 1908년 7월 12일, 일본 경찰이 밤늦게 서울 광화문 대한매일신보사 사옥을 서성거리고 있었다. 〈대한매일신보〉 건물이 영국인 치외법권 지대라서 들어갈 수 없었기에 그는 평소 알고 지내던 양기탁에게 "잠깐 물어볼 말이 있다"며 밖으로 불러냈다.

양기탁이 무심코 문밖으로 나왔다가 경찰에 끌려갔다. 국채보상 의연금을 횡령했다는 혐의였다. 베델과 양기탁에 대한 일제의 역습이었다.

양기탁은 구속된 뒤 일본 경찰의 구타로 크게 다쳐 병원으로 이송되다가 극적으로 탈출해 대한매일신보사로 숨었다. 일본은 베델 말고는 어느 외국인도 양기탁에 관심을 두지 않을 것으로 보고 영국 측에 신병 인도를 요구했다. 그러나 영국 총영사 헨리 코번이 이를 묵과하지 않았다. 코번 총영사는 양기탁에 대한 고문을 막기 위해 일본의 요청을 끝까지 거부했다. 결국 양기탁은 인도주의적 환경에서 재판을 받고 무죄로 풀려날 수 있었다.

하지만 코번은 영국의 동맹국인 일본과 외교 충돌을 일으켰다는 이유로 총영사 임기를 채우지 못하고 그해 8월 귀임했다. 6개월쯤 뒤 자의 반 타의 반으로 외교관 자리에서도 물러났다. 당시 49세였다.

7월 11일 금고형을 마친 베델은 엿새 뒤인 17일 조선으로 돌아왔다. 그런데 잠깐 사이에 자신을 바라보는 조선인들의 시선이 바뀌었음을 깨닫고 당황했다. 그와 양기탁에게 도덕적 타격을 입히려던 일제의 공작이 주효했기 때문이다.

그가 서울로 들어올 무렵부터 친일 신문들은 기다렸다는 듯 "베델과 양기탁이 국채보상 의연금에 손을 댔다"는 기사를 쏟아냈다. 베델은 〈대한매일신보〉를 통해 자신의 무고함을 호소했지만 일제에 협력하는 매체들이 함께 파놓은 '파렴치범'이라는 함정에서 빠져나오기가 쉽지 않았다.

베델은 자신의 억울함을 증명하고자 8월 27일 국채보상 의연금 총합소 평의회에 출석했다가 인생 최악의 굴욕감을 맛봤다. 평의회 의장 자리를 한석진 〈국민신보〉 사장이 차지했기 때문이다.

〈국민신보〉는 조선인이 창간한 대표적 친일 매체다. 베델을 주인공으로 한 로버트 웰스 리치의 1914년 소설 〈황제의 옥새The Great Cardinal Seal〉에도 등장하는 매국 단체 일진회 (1904~1910)의 기관지다. 그런 신문사의 사장이 국채보상운동

최고 책임자가 됐다는 것은 사실상 이 운동이 일본의 손아귀로 넘어갔음을 뜻한다.

자신의 행적을 무릎 꿇고 사죄해도 모자랄 이가 되레 조선의 독립을 돕다가 옥살이까지 하고 온 자신을 비난하며 '횡령범'으로 몰아가는 현실에서 베델은 끝없는 환멸을 느꼈을 것이다.

베델의 부인 메리 모드 게일은 1910년 영국 언론 인터뷰에서 "남편은 그때 일로 조선인을 원망하지 않았다. 그저 일본이라는 거대한 적과 싸우는 과정에서 한번은 겪어야 할 운명으로 여겼다"고 말했다.

베델에 마음의 깊은 상처를 준 사건이 또 있었다. 8월 30일 중국 일간지 〈노스차이나 데일리뉴스〉가 "베델이 국채보상금 횡령 혐의를 자백했다"고 가짜 뉴스를 낸 것이다. 베델은 이 기사 하나로 국제적인 이미지에 치명상을 입었다.

베델은 중국 법원에 이 신문사를 명예훼손 혐의로 고소했다. 확인 결과 해당 기사는 일본인이 신문사 기자를 가장해서 쓴 기사였다. 베델은 소송에서 이겼지만 이미 훼손된 이미지를 회복하진 못했다. 이런 일들을 겪으며 그는 몸과 마음의 건강을 잃어버렸다. 일제의 압박이 주는 스트레스를 술과 담배로 달랜 탓이 컸다.

한 해 뒤인 1909년 5월 1일, 베델은 서울 정동 애스터하우스 호텔[135]에서 조선인들에게 둘러싸여 고통스럽게 숨을 몰아쉬고 있었다. 겨우 서른일곱 살. 머나먼 이국땅에서 불꽃 같은 삶을

---
135 현 서대문역 농협중앙회 터.

산 그는 마지막을 직감한 듯 '영원한 동반자' 양기탁의 손을 잡고 짧은 유언을 남긴 뒤 세상을 떠났다.

"내가 죽더라도 〈대한매일신보〉는 영원히 살아남게 해 조선 동포를 구해 주세요."

그의 죽음에 조선은 큰 충격에 휩싸였다. 베델이 죽은 지 5개월이 지난 1909년 9월에도 평안북도 희천의 대명학교에서 대한매일신보사로 조의금을 보냈을 정도로 그의 죽음을 슬퍼하는 이들이 많았다.

베델의 장례식은 5월 2일 서대문 자택에서 거행됐다. 〈대한매일신보〉는 이날의 상황을 이렇게 묘사했다.

"양화도 장지로 가는 한국인 가운데 곡하는 자들이 상당수였고, 부인들도 그의 집 근처에서 통곡했다. 많은 이들이 그의 묘에 절하며 기렸다. 장지까지 따라온 인원만 해도 1000명이 넘었다."

5일에는 동대문 밖 영도사[136]에서 추도회가 열려 400여 명이 참석했다. 6일에는 양기탁 등 10여 명이 모여 그를 기리는 동상을 세우기로 하고 모금에 나섰다. 전국에서 259편의 만사[137](등록문화재 482호)가 모였다. 지금까지 한국인이 한 외국인의 죽음을 이토록 애도하며 안타까워한 적은 없었다.

영국 출신 베델 연구가 에이드리언 코웰은 그가 자신의 모든 것을 걸어 조선을 구하려고 했던 이유를 '젠틀맨'(올바른 일에

---
136 동대문구 안암동 개운사.
137 죽은 이를 슬퍼하여 지은 글.

목숨을 거는 신사도 소유자) 정신에서 찾는다. 코웰은 "베델은 당시 최고 수준의 학교 교육을 받은 지식인이었고 성공회 전도사의 딸인 어머니로부터 '올바름의 추구'라는 종교적 가치도 물려받았다. 이것이 훗날 조선에서 그의 삶을 지배한 것으로 보인다"고 평가했다.

'영원한 한국인'으로 새로 태어난 베델

〈대한매일신보〉와 〈코리아데일리뉴스〉를 창간해 우리 민족의 항일 의식을 고취한 베델은 1909년 세상을 떠난 뒤 일제의 왜곡과 날조 등으로 조선인의 기억에서 빠르게 사라졌다. 그가 세상을 떠나고 반세기가 지나자 우리에게 남은 것은 베델이라는 이름밖에 없었다. 대한민국 정부 수립 뒤 국가 재정비에 정신을 쏟느라 '푸른 눈의 독립운동가'를 챙기지 못한 우리 자신의 책임이 컸다.

한국인이 베델을 다시 찾은 건 그가 살아서 그토록 바라던 대한민국이 세워지고도 20년이 더 지난 뒤였다. 1968년 7월 15일, 영국 〈더타임스〉에 아주 조그마한 안내 광고가 하나 실렸다. 한국과 영국 모두의 기억에서 지워진 '키 작고 황소고집 남자'의 가족을 찾으려는 것이었다.

"대한민국 정부가 1905년 서울에서 신문을 창간한 어니스트 토머스 베델이라는 분께 훈장을 드리려고 합니다. 연고자는 런던의 한국대사관으로 연락 바랍니다."

광고가 워낙 작게 실려 반향을 기대하기 힘들었다. 사실 우리

정부는 정말로 그의 후손을 찾기 위해서라기보다는 '영국 최고 권위지 가운데 한 곳에 광고를 내 독립운동가를 찾으려 노력했다'는 흔적을 남기려는 의도가 더 컸다.

그런데 예상하지 못한 반응이 나왔다. 신문 광고의 크기가 당시 한국이라는 나라의 국력을 반영하는 것 같아 안타까워 보인 것일까. 〈더타임스〉가 이 광고를 소재로 이튿날 '한국이 한 영국인에게 감사를 표하려 한다'는 제목의 기사를 낸 것이다. 내용을 요약하면 다음과 같다.

"한국의 대통령 훈장과 라디오 1대가 과거 한국의 '사라진 영웅' 베델의 후손을 기다린다. 1905년 신문을 창간해 일본의 지배에 저항하다가 1907~1909년 사이에 추방당했다는 것 말고는 알려진 바가 없다."

〈더타임스〉 기사는 오류가 많았다. 그때까지 우리가 아는 베델에 대한 정보가 그 정도였다. 그런데 기적이 벌어졌다. 이 기사를 보고 후손에게서 연락이 온 것이다.

베델의 며느리 도러시 메리 베델(당시 52세·2002년 작고) 여사가 딸 수전 제인(당시 12세)과 아들 토머스 오언(당시 9세)을 데리고 한국대사관을 찾아왔다. 베델 사후 반세기가 넘어 그의 가족과 한국이 다시 만난 순간이었다.

도러시의 입을 통해 들은 베델 가족의 이야기는 한 편의 가슴 아픈 소설 같았다.

베델의 부인 메리 모드 게일 여사는 남편이 사망한 뒤 아들 허버트를 데리고 결혼 전 살았던 영국 런던으로 돌아갔다. 베델이 일본에서 모은 재산 대부분을 〈대한매일신보〉 운영에 쏟아 부었기에 영국에서의 삶은 힘들고 곤궁했다고 한다.

메리 여사의 영국 이웃들은 자기와 아무 관계도 없던 한국을 위해 목숨까지 던진 베델을 이해하지 못했다고 한다. 하지만 그녀는 남편을 자랑스러워하며 홀로 아들 허버트를 키웠다.

베델의 손녀 수전 제인 블랙은 "할아버지(베델)는 아버지(허버트)가 아홉 살 때 돌아가셨고, 아버지도 내가 열 살이 되기 전 세상을 떠났다. 할머니(메리 여사) 또한 말년에 치매 증세를 보여 조선에서의 경험을 제대로 말하지 못했다"고 아쉬워했다.

베델이 "영원히 살아남게 해 조선 동포를 구해 달라"고 당부한 〈대한매일신보〉는 어떻게 됐을까. 베델의 비서였던 영국인 알프레드 매넘이 2대 사장이 됐지만 1910년 영국 정부의 권유로 일본에 회사를 팔고 떠났다. 이후 〈대한매일신보〉는 〈매일신보〉로 이름을 바꾸고 조선총독부 기관지로 전락했다.

〈매일신보〉는 해방 뒤 〈서울신문〉으로 이름을 바꿨다. 1950년대에는 이승만 정권을 맹목적으로 지지하다가 1960년 4·19 혁명 때 시위대가 사옥과 시설을 파괴해 희귀 자료 대부분을 잃어버리는 아픔을 겪었다. 현재 〈서울신문〉은 민영화를 마무리하고 한국에서 가장 오래된 신문이자 주요 종합일간지로 명맥을 이어오고 있다.

역사에서 영원히 사라질 뻔한 베델의 발자취를 하나하나 되짚어 '영원한 한국인'으로 부활시킨 이는 정진석 한국외국어대 미디어커뮤니케이션학부 명예교수다. 1976년 〈대한매일신보〉

국한문판 영인 작업에 참여하면서 그의 삶에 매료된 정 교수는 영국 런던정경대(LSE)에 수학하며 베델 관련 자료를 발굴하기 시작했고, 베델이 태어난 영국 브리스틀과 무역업을 했던 일본 고베 등을 찾아다니며 베델 기록을 정리했다. 지금 우리가 교과서 등을 통해 배우는 베델과 〈대한매일신보〉의 내용은 정 교수가 일생을 바쳐 찾아낸 것이다.

베델의 삶에 감동받아 연구를 이어가는 영국인도 있다. 싱가포르에서 비즈니스 컨설팅 사업을 하는 에이드리언 코웰이다. 그는 1990년대 후반부터 업무차 해외 출장을 갈 때마다 현지 도서관을 찾아 베델 관련 자료를 검색해 자료를 모아왔다.

그렇게 해서 베델이 주인공으로 등장하는 미국 소설 〈고양이와 왕〉을 찾아냈고 베델이 〈데일리 크로니클〉 특별통신원으로 활동하며 석전 관련 기사를 썼다는 사실도 발굴했다. 이런 것들은 모두 국내 학계에는 알려지지 않은 내용이다.

베델의 일생을 정리하자면 그는 1872년 영국에서 태어났고 열여섯 살이던 1888년 아버지의 권유로 일본으로 건너가 무역업을 시작했다. 1904년 러일전쟁을 계기로 조선에서 〈대한매일신보〉(한글판)와 〈코리아데일리뉴스〉(영문판)를 발행했다. 애초 그는 사업적 관점에 입각해서 신문을 찍었지만 일본의 노골적인 조선 침략 시도를 목격한 뒤로 마음을 바꿔 언론의 자유와 조선인들의 항일운동을 지원했다. 대한매일신보사를 국채보상운동 모금소로 활용하고 항일 비밀단체 신민회의 본부 역할도 할 수 있게 했다.

일본은 영국에 그를 처벌해 달라고 끊임없이 요구하며 외교 공세에 나섰다. 결국 그는 두 차례 재판을 받았고 일제의 마타도어로 어려움을 겪다가 1909년 서른일곱 살의 나이로 불꽃 같은 생을 마감했다. 살아서는 '깨어 있는 영국인'으로 조선 독립을 위해 싸웠고 죽어서는 '영원한 한국인'으로 새로 태어났다.

끝으로 서울 양화진에 있는 베델의 묘비문을 요약하며 길었던 베델 찾기 여정을 마무리하고자 한다.

"여기 〈대한매일신보〉 사장 베델의 묘가 있도다. 그는 열혈을 뿜고 주먹을 휘둘러 2000만 민중의 의기를 고무하며 목숨과 운명을 걸고 싸우기를 여섯 해나 하다가 마침내 한을 품고 돌아갔으니, 이것이 공의 공다운 점이고 뜻있는 사람들이 공을 위해 이 비를 세우는 까닭이로다. 드높도다 그 기개여, 귀하도다 그 마음씨여. 이 조각돌은 후세를 비추어 영원히 꺼지지 않을 것이다."